路上の熱量

藤井誠二
Seiji Fujii

風媒社

路上の熱量……目次

「ぼくはお別れできなかったんじゃないかな。」

〝内なる子ども〟の発想力

古屋雄作

Furuya Yusaku　映像ディレクター

ミリオンセラー『うんこ漢字ドリル』

うんこをぶりぶり漏らします——。

これはれっきとした四・四・五の定型詩で、「うんこ川柳」と名付けた古屋雄作《ふるやゆうさく》が「宗家」である。

二〇〇二年から〇三年にかけて、個人のウェブサイトで発表し始めた、「うんこ」という言葉を使った言葉遊びだ。「うんこをぶりぶり漏らします」が基本句で、「うんこを」が上の句になる。

ルールはシンプルだ。上の句は「うんこを」と「うんこが」しか認められず、中の句は「ぶりぶり」等の反復する四音に限られる。下の句は五音で「〜ます」で終わらなければならず、全体で日本語として意味を成すルールもある。ほどなくして同好の士が十数人、投稿をしてくるようになり、古屋によれば「四季や哀愁、躍動感を感じさせる」作品が次々と生まれたという。千を超えたら書籍化を大真面目に考えていた。

「うんこ」を使った十三文字の中に、腹を捩《よじ》って笑うことができる宇宙があった。

〝内なる子ども〟の発想力　―古屋雄作―

古屋は二〇一七年三月二四日に『うんこ漢字ドリル』（小学一～六年生用）を出版した。部数は二七六万九千部（二〇一七年一〇月現在）と、出版不況と言われる中でのミリオンセラー。『うんこ漢字ドリル』のキャラクター「うんこ先生」は、クッションやステッカーなど商品化され、大手の子ども向けテーマパークでブームが設けられるほど人気は広がった。同年のグッドデザイン賞では金賞を受賞した。

大ヒットのきっかけはツイッターだった。都内の書店でドリルを見かけた母親らしき女性が「例文がすべて「うんこ」の漢字ドリルを見つけてしまった」とつぶやくと、あっという間に四万近くリツイートされた。版元が思い切って出した新聞広告や、山手線車両内の宣伝広告ともあいまって、初版の三万六千部（一～六年生）は瞬く間にはけ、二週間も欠品状態が続いたほど爆発的に売れていった。小学生の親の世代がおもしろがったのだ。このドリルをやらせた親たちによれば、とくに男の子がげらげら笑いながら、集中して勉強しているという。

例文は一～六年生用まで合わせて三〇一八もあり、すべてに「うんこ」が用いられている。

「笑いすぎて、子どもの腹筋を破壊してやろうと思いました。子どもが好きでも、親がおもしろがって買ってくれなければ広がらないから、それがうれしかった。うんこの臭いとか、汚い感じをできるだけ出さないように、本当に気を遣いました。うんこが主役なのに、不快にならず、よくぞ品を保てたと思います」

そう言って古屋は大笑いをした。この『うんこ漢字ドリル』に使われている例文の原型こそ、古屋がひねり出した「うんこ川柳」だった。

古屋の「うんこ川柳」歴は大学時代からスタートしている。始めたきっかけは、ブログなどでペンネームで書いていた「架空の新聞記事」や「おもしろ文章」だった。

「文章の最後の締まりがワルいなと思ったときに、「うんこをぶりぶり漏らします」が思い浮かんだんです。手紙の末尾につける「かしこ」みたいな感じで。文脈関係なく、「うんこをぶりぶり漏らします」というフレーズが好きだったんですが」

それからは、大学や仕事関係でコンパに行っても、女の子はそっちのけにしてうんこ川柳を考えた。これで儲けようという気はない。ただウケるものを作りたいという気持ちだった。時には朝までファミレスで考えていた。自分がおもしろいと思うものはとことんつきつめる性格。自分で吹き出しそうになるほどのネタを考えるのは至福だったはずだ。

原点となった高校時代の体験

人を食ったようなシュールな「笑い」のセンスは高校時代に開花していた。愛知県名古屋市にある中高一貫の男子校出身。現在は作家として活動している水野敬也が同級生におり、互いの才能を認め合う仲だった。

高校二年生の文化祭のときのこと。各クラスで何か一つのテーマを決めて、教室で発表・展示するのが習わしなのだが、一人の生徒が「政治改革」をやりたいと提案してきた。これに叛旗《はんき》を翻したのが水野だった。「ボブというのを研究したい」。はあ？周囲は呆気にとられる。

「ボブって何なんですか？」

当然、最初の提案者は質問してきた。しかし、水野にしてみれば、ありがちな青臭

photo 山本倫子

いテーマを壊すためだけに咄嗟《とっさ》に口から出た「ネタ」だった。

「まあ、ボブってのは俺からしたらオマエがもう、ボブなんだから」

水野が煙に巻こうとしたとき、ふいに「それ、おもしろそうじゃん」との声があがった。声を発したのは、水野の後ろに座っていた古屋だった。

古屋だってもちろん、「ボブ」なんてわかりもしない。ただ、「政治改革」なんていう既定路線を壊したいという二人の以心伝心のようなものだった。結局、二人の弁が立ち、「ボブにはうんざりだ　～でもイイ奴～」というテーマがクラスの投票で通ってしまった。担任は一切口出ししなかった。

この展示はほとんど、古屋と水野で作り上げた。水槽の中に石と、なぜかサラミを入れた「石ボブ」という展示に、「あなたのボブ度チェック」というチャート、そして「ボブのテーマ」まで作って、その歌を教室で流した。

「そもそもボブにはなんの意味もなかったし、ボブって何だみたいな話も水野とはしなかった。いま思うとシュールでクリエイティブな企画だったと思います。大勢見に来ましたよ」

古屋の手元には今もまだ、二年A組で展示した「ボブ～」のパンフレットが残っていた。ここには古屋が、いくつかのふざけたペンネームを使い分けて「ボブ」について書いている。

「ボブとは何か？　その答えを求めて私はこれまで生きてきた。物心ついた頃からボブという神秘が私の頭の中をかけめぐり続け、はや五〇年の月日がたとうとしている。そしてついに、私はその答えを解きだすことができた。ただし、ボブとはただひとつのこれであるという答えもできないこともわかった。（原文ママ）」

何のことかわからん。すべてがこんな調子だ。この超ニッチな笑いがわかるやつにはわかるんだけどな。高校生の古屋が耳元で囁いているようだ。

「ふざけたことがやりたい」――お笑い番組のADに

水野も自分が火付け役になった、この教室での出来事はよく覚えていた。

「古屋には常人では理解できないセンスが当時からあった。笑いというのは普通、ウケたくてやっているからスべるのだけど、彼はウケなくてもいいぐらいの感覚でやっているし、ある意味で天才なのでぼくらと見ている風景が違うと思う」

深夜ラジオをカセットテープに録り、テレビのお笑い番組を録画し、テープがすり切れるほどに再生して笑い転げる日々。とくに松本人志の意味なしオチなしのシュールな笑いに「大きな影響を受けてると思います。ぼくの原点です」。

「どう使うかわからない道具をずっとひたすら職人が説明するネタとか、作り込んでいながら、意味のない、虚無感が漂う、バカバカしい笑い。そういうのが大好きでしたから」

社会に出ても、中学や高校の延長みたいなふざけたことがやりたい。それが一番できそうだと思ったのが、テレビのバラエティ番組のスタッフになることだった。

高校二年のときにはその気持ちを固めていて、東京の私大を卒業するとテレビの制作会社に入社、深夜枠のお笑い番組のアシスタントディレクター（ＡＤ）になった。家にまともに帰れないほど、「お笑い」のためにすべてを捧げるような生活が五年半続いた。

「当時、流行《はや》っていたお笑い番組は、いわゆるホンモノを連れてきてタレントと絡ませるような、〝ガチ路線〟。明日までにチーマー五十人連れて来いみたいな。ホンモノじゃないとダメだぞって上司に指示されて、池袋を深夜までうろうろして街にたむろしているやつらに声かけて。当時、ぼくも感覚が麻痺してて、怖いと感じなかったんでしょうね、必死に仲良くなったりして、なんとかお願いして番組に来てもらったり

していた。暴走族の出演交渉に栃木とかまで行ったりもしてました。楽しかったし、非日常的な笑いを楽しめた。でも、ここで自分が大成していく姿が何か想像できなかった」

二〇〇四年にADからディレクターに昇格すると、自分の時間が持てるようになった。その時間を使って、仕事ではない、自分の感性だけをとことん追求する作品を自主制作し始めた。一方で、出演するタレントの調整や、事務所からのクレームの対応をする能力を問われるディレクターの仕事とどうしても性が合わなくなり、ディレクターという肩書になって数カ月で会社を辞め、フリーランスになった。

会社を辞める前に手がけた映像作品が「スカイフィッシュの捕まえ方」。存在しない「スカイフィッシュ」という宙を舞う魚を捕まえるために、スカイフィッシュ捕獲の達人たちが、日本や海外であの手この手の捕獲作戦を展開するというドキュメンタリーテイストの作品だ。ストイックな雰囲気すら漂うシュールな笑いを追求した構成は、かみ殺したいような笑いを誘う。人気が出て三部作まで発展した。

この作品には、『うんこ漢字ドリル』を出版した文響社代表の山本周嗣が出演している。実は山本も高校の同級生だったが、当時はあまり面識がなく、上京後に水野を通して仲良くなった。当時は外資系の大手証券会社でトレーダーをしていた山本の演技を古屋がいたく気に入り、山本は「スカイフィッシュの捕まえ方」を始め、「温厚な上司の怒らせ方」「ハリウッドスターになろう！」などの映像作品に出演していくのだが、その山本が真顔で言う。

「私は裏方の方が向いていると思った。それを気付かせてくれた古屋には感謝しているんです」

山本は金融マンをやめ、二〇一〇年、水野とともに文響社を立ち上げた。すでにミリオンセラーを連発していた水野のマネージメント会社を発足させていたが、後に出版社として拡大したのだ。山本が編集者という「裏方」になったことが、古屋の人生に大きな影響を与えることになる。

古屋は以前、「うんこ川柳」を小学生が日本語をおもしろがって学べる教材に進化させようと考えていた。絶対に子どもにウケる自信があった。現在は共に会社を経営する、妻の市川マミ（プロデューサー）が、書籍や雑誌の連載企画として何十社と出版社に持ちかけた。しかし、反応は冷ややかだった。子ども向けマンガ雑誌の編集者ら数社は会ってくれたが、あとは相手にもされなかった。

「「うんこ川柳」は自分の分身みたいなものだったから、悔しいというより、ほんとかよ?と思いましたね。なんでこのおもしろさが理解できないんだって」

だから書籍化は二〇〇八、九年頃にはもう、あきらめていたという。それ以外にも、映像作品やマンガの原作など、温めていた企画はたくさんあった。そんな、「うんこ川柳」を頭の片隅に追いやっていたときに声をかけてきたのが、山本だった。山本自身もかつて「うんこ川柳」をいたく気に入り――山本本人の記憶は曖昧だったが――古屋によれば投稿をしてきたこともあったらしい。何より、山本は古屋の笑いを追求する才能に惚れ込んでいたから、出版社を起こしてからはいつか書籍化したいと思っていた。

ただ、山本が「うんこ川柳」を世に出せないかと考えたとき、古屋の笑いのセンスには同調できるが、このままだとサブカルチャー好きの一部のマニアにウケるだけで終わってしまうのではないかと懸念した。そこで山本が思いついたのが「漢字ドリル」にするというアイデアだった。

「これ全部うんこじゃん！」

二人は古屋の自宅近所のファミレスで議論を重ね、類書を研究した。その結果、すべてに「うんこ」を使った例文で、小学一〜六年生のドリルを通しでつくる、というコンセプトが生まれた。準備期間は約二年。古屋は「うんこ川柳」をベースにすべての例文を一人で考えた。

準備期間中、塾などに協力を得て、「実験」をさせてもらったことがある。はたして子どもは笑うのか。難易度は合っているのか。不安はいくらでもあった。最初は何も言わずに、子どもたちに『うんこ漢字ドリル』を差し出した。子どもたちは「これやっていいの？」というような表情で、互いや先生の顔色を窺っている。

「これ全部うんこじゃん！」

一人の男の子が笑い出した。すると一気に笑い声が子どもたちの中に感染した。母親や女の子も笑いをこらえきれないでいる。これはいけるぞ。古屋と山本は確信した。その読みは当たった。

では、子どもたちを惹きつけたものは、果たして「子どもはうんこが好き」ということだけなのだろうか。精神科医の名越康文は、「小学四年生になる息子にやらせようと思う」と笑った。

「古屋さんがすごいのは大人の発想じゃなくて、子どもの発想で書いてる。だから、クオリティは高いし、例文も無限に出てくる。大人は意味を考えようとするけど、子どもはその場面を想像したらワッと笑えるのが大好き。本当ならくっつかないモノ同士を（例文で）くっつけて、新しい世界を想像させる。意味なんか関係ない。古屋さんはそれを無意識にやっているから、誰も古屋さんの真似はできない。彼の無心さの中に子どもが居るんだと思う。大人が大人の意識で例文をつくろうとしても難しいです」

先の水野もこう話す。

「例文のレベルの高さは古屋の真骨頂。『うんこ漢字ドリル』のヒットは、古屋の常人離れした笑いのセンスと、山本の商品として高める才能があったから」

校閲者の指摘が入ったゲラを見せてもらった。たとえば、小学一年生用のドリルの「口」という漢字については、「うんこをどこまで口に近づけられるかしょうぶだ。」というのが最初に作った例文だった。

しかし、校閲者は慎重だ。「人と危険な対決をアオるのは避けた方がいいかなと思います。」という指摘が入っている。

同じく「中」という字については、「ふでばこの中にうんこをしてしまいます。」が最初の例文だったが、これには、「他人の筆箱と考えると、いじめととらえられそうです。」とチェックが入った。これらを参考にしながら、最初の例文から千近くを消したり、書き直したのが完成した『うんこ漢字ドリル』だった。ちなみに先の例文二つはそのまま残ったのだが。


小学六年生用の終わりの三つの例文の「翌」という字のパート。

「うんこがなくなった「翌」日、ぼくは落ちこんだ。」

［うんこがなくなった「翌」週、ぼくは泣いていた。」

［うんこがなくなった「翌」年、ぼくは中学生になった。」。

つまり、うんこからの卒業を物語っているのだ。しかし古屋はというと、「卒業する必要がないと思いますけどね」とにやにや笑っている。

スティーヴン・キング原作の映画『スタンド・バイ・ミー』の世界が大好きだという。十二歳のときのような友達は二度とできないという、主人公の最後の回想が印象的な名作だ。

「そういう時代の友達っているじゃないですか。ぼくにとって、うんこはそういう存在。ぼくはお別れできなかったんじゃないかな」

古屋は、内なる「子ども」をずっと手放さなかったし、手放せなかった。その「子ども」に古屋自身がきっと助けられてきた。古屋の頭の中はまるで子どものおもちゃ箱のようだと思った。

[profile]

1977 ►愛知県生まれ。
1995 ►中高一貫の男子校・私立東海中学・高校を卒業、1 浪の後、上京する。
2000 ►上智大学卒業。番組制作会社に就職、アシスタントディレクターになる。数多くのお笑い・バラエティ番組にたずさわる。
2002 ►個人のウェブサイトで「うんこ川柳」を始め、没頭する。
2004 ►ディレクターに昇格。貯金を全額投入して「スカイフィッシュの捕まえ方」を自主制作で撮り始める。
2005 ►会社を辞め、フリーとなる。
2006 ► DVD 作品「スカイフィッシュの捕まえ方」がビクターエンタテイメントから発売。「国内編」「サイエンスジャーニー編」「板尾創路編」の 3 部作まで発展する。
2006 〜 08 ► DVD 作品「人の怒らせ方」シリーズ（「温厚な上司の怒らせ方」「一番大切な人の怒らせ方」など）をビクターエンタテインメントからリリース。人気を博し、テレビ番組化される。
2006 〜 07 ► 「引きこもりミュージシャン・ノリアキ」のプロデュースを手がけ、全 PV を担当。同級生の作家・水野敬也扮する「恋愛体育教師・水野愛也」シリーズに構成・演出で参加。
2007〜11 ► 65 歳以上の高齢者を主役にしたフェイクドキュメンタリー「R65」（DVD 作品）シリーズ、「シルバー・フィクション」（DVD 作品）シリーズをリリース。同シリーズの中で、教職を退職した 78 歳の老人という設定の「武蔵寛」という名前の白髪の老人が創始者として「うんこ川柳塾」を開き、子どもたちにそのおもしろさを教え、書籍化しようとして出版社に持ち込むが相手にされないという、自身を描いた作品も入っている。
2011〜12 ► 「ゆとり世代」ヒーロードラマ「神話戦士ギガゼウス」（関西テレビ）を脚本・監督する。
2017 ► 「うんこ漢字ドリル」（小学 1 〜 6 年生）発売。人気 AV 男優 6 人をメインキャストに据え、AV 男優をエネルギー源とするヒーロードラマ「マグマイザー」（BS スカパー！）を脚本・監督する。
2018 ► 「うんこさんすうドリル」（文章題）（小学 1 〜 3 年生）発売。
2019 ► 「うんこ計算ドリル」（たしざん）（ひきざん）（小学 1 〜 3 年生）発売。

「パンドラの箱」を開けた金髪の教育学者

内田 良

Uchida Ryo 教育社会学者・名古屋大学大学院准教授

「メッセージが届かなかったという
もどかしさや悔しさがこみ上げてきた。」

「巨大組み体操」に警鐘を鳴らす

肩まで届く金髪。細身のスーツ。どこから見ても、チャラい。

髪を染めたのは大学一年生のときからで、赤く染めることも時々あったらしい。教育社会学者という「教育」を研究する立場だが、教育界に身を置いていることには変わりはない。

教育界は人間の外見に対しては偏見が多く、保守的だ。だから、内《うち》田《だ》良《りょう》の金髪に対しての風当たりは強い。ツイッターで内田に対して「あんな金髪許せない」という、教員と名乗る者からのツイートは相変わらず飛んでくるし、名古屋大学に入って研究者を志して学んでいる間も、「そんな髪形だと（どこの大学にも）就職できないよ」と周囲から「忠告」され続けた。

内田は二〇一四年五月から、「巨大組み体操」問題にインターネットを舞台に警鐘を鳴らし続けてきた。「巨大組み体操」とは主にピラミッド型の組み体操で、段数や高さを競う。それゆえに、崩れたり落下したりしたとき、子どもが大怪我を負う事故が頻発している。

組み体操問題に関心を持ったのは二〇一三年で、組み体操を含む運動会の学校事故を調べてほしいというあるテレビ番組からのオファーがきっかけだった。そこではざっと調べて返事をしただけで、危険性に問題意識を持つには至らなかった。

しかし、翌二〇一四年の春の運動会シーズンになると、ツイッター上で、組み体操の危険を知らせるメッセージが内田あてに届くようになり、本腰を入れてデータを収集し、分析に取り組むようになる。

内田は、父が福井市の会社に勤めるサラリーマン家庭で生まれ育った。地元の中学から高校へ進み、名古屋大学の経済学部へ進んだ。父は自分が苦労をして大学にいくことができなかったことから、息子には好きなだけ勉強をやらせてくれた。

物心つく頃から感じていた、ある違和感がある。社会が押しつけてくる、男らしさとか女らしさという価値観に対する反発だ。

「どう考えても、それに何の意味も合理性も見いだせなかったんです」

高校時代、学級委員かつバレー部キャプテンという女性と付き合ったことがある。

「彼女は学校の中ではいちばん目立つ存在だったのに、いざ付き合い始めてみると、必ずぼくの後ろを歩くんです。それが不思議でしょうがなかった」

大学で一年時の共通科目で、社会思想史の専門家であり、市民運動家としても有名だった安川寿之輔の講座を取ってみたところ、そこで自分が感じていた違和感はジェンダーの問題なのだと知る。

自分が納得できない社会の諸問題に対して学問的観点からアプローチすることを教わり、ここから学究の徒としての道が始まる。名古屋大学教育学部の大学院に進み、児童虐待と家族をテーマにした博士論文で博士号を取得した。

金髪に関心を持った理由を聞いてみた。

「高校時代にX JAPANが活躍していて、リーダーのYOSHIKIのルックスが男か女かわからないと、なんだかバカにした空気に周囲がなったんです。でも同級生にCDを借りてアルバムを聴いてみたら、音楽性のすごさにやられてしまったんですよ」

だが金髪にしている理由はもっと別のところにある。その一つが、大学に入学したころにテレビの討論番組で見た社会学者・宮台真司の影響だ。当時の宮台は茶髪にサングラスという出で立ちでテレビに登場していた。

「そんなにチャラい外見でも、女子高校生の援助交際についてリアルな情報を語っていて、他のいたってフツーの外見の人たちよりもおもしろいと思った。外見がチャラいと、フツー以上のきちんとした発信ができないと、やっぱりとか言われるでしょう?」

自分への負荷というわけだ。

「内田さんの金髪は先生然とした佇《たたず》まいへの反発と、人を外面で判断するなというメッセージなんじゃないかな」

当の宮台に当ててみると、そう話した。そしてこう続けて笑った。

「ぼくは大学という組織に所属はしているが同化はしていないという自分への言い聞かせだったし、最初にヘンだと思われると、相手のぼくへの期待水準が下がるのです」

学校内で起きる子どもの死亡事例に関心を持ったのは二〇〇六年のことである。当時は、大阪教育大学附属池田小事件(二〇〇一年)や広島市と栃木県今市市(現・日光市）で起きた女児誘拐殺害事件（二〇〇五年）などを受け、社会の関心は「不審者」に向き、校門はかたく閉ざされ、学校の周囲の木々は見通しをよくするために伐採されるなどした。

名古屋大学の大学院生で社会学を学んでいた内田は、そういった対策の必要を感じながらも、学校管理下における子どもの死亡事故を俯瞰することはできないだろうかと考えていた。

そこで日本スポーツ振興センターが毎年発行してきた、学校管理下の死亡・障害事故に関する報告書を用いて、死亡事例を一件ずつカードに書き出していき、カテゴリー別に分類していくという地道な作業を、アルバイト学生の協力も得ながら数カ月間、黙々と続けた。

カードは六千枚に達し、この膨大なカードが、内田が学校事故のリスクを語るときのエビデンスの原典となる。最初に注目したのは、柔道事故の共通点だった。中学・高校で柔道の死亡事故は一九八三年から二〇一一年度までの二十九年間で一一八件も起きていたのに、学校も柔道界も何も手だてを打ってこなかった。また、授業よりも部活中に起きる事故のほうが多いこともわかった。

メッセージの届かないもどかしさ

内田はしばしば、「算数の専門家です」と自己紹介する。単純に事故が何件起きているのかを足し算したり、そこから死亡率を算出したり、事故原因の割合を調べたりして、それを数字で提示するからだ。例えば柔道は他競技と比べて死亡率が高く、死亡事故は中学や高校の一年生で多発している。主な原因は頭部外傷だ。この数字は、「事故はコピペのように起きる」という内田の主張を明確に裏付ける。

内田が柔道事故の被害者の遺族と面会したのは、柔道事故の被害者遺族でつくる会が発足した二〇一〇年三月。会が設立された当日のことだ。個々の事例は見知っていたが、遺族たちの、二度と犠牲者を出したくないという悲愴な思いに圧倒された。

「ショックでした。それまでは数字しか見てないわけです。目の前のご遺族の激しい、深い感情や思いに直に触れて、自分が研究していることがいったい何なのかが実感としてわかったんです」

とりわけ、二〇一一年に名古屋市内の市立高校で起きた柔道部の練習による死亡事故は内田に動揺を与えた。その直後に東京で開かれた遺族の集まりで事故の遺族と初めて面会し、亡くなった男子生徒が事故に遭う直前に名古屋大学で農業を学びたいと母親に告げていたことを、当の母親の口から知らされた。

「自分の職場の近くで、それも自分が柔道事故について発信を始めていて社会問題化していった矢先だったのに、ぼくのメッセージが近くにいる人たちに届かなかったというもどかしさや悔しさがこみ上げてきたんです」

息子を亡くした遺族の倉田久子は、金髪の内田と初めて会ったとき、最初は「集まりのお手伝いをしている若者」だと思ったという。

「柔道事故のエビデンスをわかりやすくお話しされて、息子の事故が特別ではない、起こりやすいことなのだと知り驚きました。知っていたら、柔道をやらせなかったか、もっと気をつけさせるとか、やれることはあったんではないかと思ったんです。内田さんは人が気づく前に指摘をされ、それも常に新しいことを発信される。もちろん遺族にとって存在は大きいです」

十段ピラミッド動画の衝撃

二〇一五年、内田はインターネットを検索していて、大阪府八尾市の中学校で、その年の秋の運動会で組み体操の十段ピラミッドが崩れてケガ人が出ている動画を発見する。ピラミッドが崩れたあと、生徒が二人だけ起き上がれない様子が映っていた。一人は抱えられて生徒たちのほうに戻っていったが、もう一人は抱えられて違う方向に連れられていった。もう一度細かく映像をチェックすると、その生徒の右腕があらぬ方向に曲がっていた。崩れた上段の子どもの体重が腕にのしかかり折れたことが一目でわかった。しかし運動場には拍手が鳴り響いていた。内田は我が目を疑った。

内田は二〇〇八年から「学校リスク研究所」というウェブサイトを立ち上げて分析データを発信してきたが、さらに二〇一四年一月から「Ｙａｈｏｏ！ニュース 個人」でも発信するようになっていた。ネットを駆使して情報を集め、手元の文献や資料も用いながら調査・分析をおこない、「リスク・リポート」と名付けた連載記事を高頻度で発信し続けてきた。記事はときとしてヤフーのトップページに上がり、数百万人の目に触れることになり、瞬く間に問題が可視化されていった。柔道事故や組み体操などがはらむリスクに対して対策がまるで取られていない現実が拡散され、次第に内田に共鳴する人々も増えていったのである。

巨大組み体操の危険性が一定程度は学校現場に浸透していたと思っていた。しかし、内田のメッセージと逆行するように一部の学校では巨大化はどんどん進んでいたのだ。内田はこの動画の存在をすぐに発信するかどうか迷った。

「その動画の投稿者にネットやリアルで、何らかのネガティブな反響が行くかもしれないし、ぼくに対しても当の学校関係者や保護者が一丸となって批判を向けてくるかもしれないという怖さがあったのです。学校名は匿名だけど、動画を上げた人はすばらしいと思って上げているかもしれないし、逆に巨大組み体操の問題を訴えたいであろう人が動画をアップしたのかもしれない。あるいはその人からクレームが来たらどうしようとか、訴訟を起こされたらどうしようとか、それが怖かった。じっさい、一時的にですが動画はユーチューブから消えたんです」

すぐに、組み体操問題を追っている気心の知れた記者に、記事を書いたほうがよいか尋ねた。

photo 楠本 涼

「出すべきです。ここで内田さんが出さないと、また同じ事故が起きる」

その言葉に、記事を書く決意をした。ネットは誹謗中傷の巣窟だ。内田はじつは臆病なほど神経をすり減らしながら書いている。

その事故を書いた「リスク・リポート」の記事はヤフーの

トップページに掲載され、ビュー数は四〇万件にのぼり、テレビニュース等の多くのメディアも記事を後追いして巨大組み体操に警鐘を鳴らす展開となった。ちなみに内田が速報したピラミッド事故は、各種報道によれば六人が重軽傷（一人が骨折）という重篤な結果を招いていたことがわかった。

巨大組み体操による学校事故の問題は二〇一六年に入ってから急展開を見せている。以前から内田の主張に共鳴して「組み体操」問題に取り組んできた国会議員のはたらきかけもあり、学校事故を考える超党派の議員連盟が発足。そして各自治体に委ねると放任の立場を貫いていた文部科学省もついに、安全指導を徹底するよう教育委員会に通知を出した。千葉県の流山市や柏市では組み体操そのものを全面廃止し、大阪市はピラミッドとタワーをやめた。学校単位でも校長の判断で廃止したり、段数を低くしたりする動きが急速に広がっている。

組み体操に血道をあげてきた教員たちの反応は、現在のところ二つに分かれる。教育的意義といっても、やはりリスクを優先して考え直さねばならないという反応と、まったく聞く耳を持たないタイプだ。「内田は組み体操を潰したいだけの人間」というささやきは、たまに洩れ伝わってくる。

内田も組み体操を経験した。「扇」という三人が手をつなぎ左右に広がり、両翼が片手を地面につける基礎的な組み体操だ。

「扇で左右の部分になったけど、体重を自分で支えられなくて、めっちゃしんどい。でも指導してくれた先生の指示で真ん中の人が左右の人の手をちょっと引っ張ったら、急に楽になって、力の貸し借りを学ぶってすごい楽しいと思ったんです。この力の貸し借りは、子どもを抱っこするときとか、介護の現場でも使えるものです。巨大な組み体操ではなくて、低いものをいかに安全に続けていくかが重要だと考えました」

指導をしたのは日本体育大学教授で組み体操を研究してきた荒木達雄。楽しそうな内田が思わず、「組み体操の伝道師になろうかな」と言ったのを聞いた。荒木は「私たちは専門家として、巨大ピラミッド等は見聞きして危険だと思ってはきたけれど静観していました。専門家が上から言うと、〝やめなさい〟というふうに取られてしまうと思ったからです。しかし、内田さんがパンドラの箱を開けた。開いた以上は危険がなくなるまで発言をすると決めました」と決意を語った。

都合のいい「善意」と「感動」への嫌悪感

十段ピラミッドをおこなって怪我人を出した学校でその組み体操を実際に経験したという子どもから、「私たちの学校です。経験者です。楽しかったし、とってもいい先生なんです。生徒の気持ちを酌んでくれた先生を批判しないでほしい」という趣旨のツイートが何度か飛んできた。

「おそらく、自分たちや先生を全否定されている気持ちになるのでしょう。ぼくは、みんなが怪我しないように、先生は子どものことを考えてほしかった。生徒さんが何か一つのものをいっしょにつくりあげたいというときに誰かの犠牲の上に成り立っているのは、やっぱりおかしいと思う。先生は安全を第一にした別の方法を探すべきだと思う。そう、ツイッターで語りかけ続けました」

すると、ツイッター上のやりとりは子どもの方から打ち切った。喧嘩別れかと思いきや、内田へのリプライではないツイートで、「この人はわかってる人だ」とその子どもは書いていた。子どもは「聞く耳」を持ってくれた。こういった対話とエビデンスこそが内田が理想とするリスクマネジメントだ。

一方で、巨大組み体操を本まで出版して牽引してきた、リーダー格の関西の中学教員に電話で内田についてたずねると、「いまは（組体操に対して）自治体や学校レベルで対応が変わりつつある微妙な時期なので、取材はお断りしたいです」と丁寧な口調で拒否され、名前も絶対に出さないでほしいと懇願された。いわば自分たちが善きことと思ってやってきたことが危険視されているわけだが、その火付け役といってもいい内田に恨みのようなものはないのかと水を向けると、「そんなのはありません。内田先生の書いているものをすべて読んでいるわけではありませんが、いろいろな視点をいただいていると思っている。いまはよりよき（組体操の）方向にむけて議論をしていかなくてはならないと思っています」という答えが返ってきた。

学校事故を引き起こす運動や科目に、指導する教師や保護者、つまり大人たちが感動することに、内田は激しい嫌悪感を示す。教育には「善意」がべったりとつきまとい、そして「感動」というオブラートで包まれる。リスクは二の次になる。その構造を支えているのは子どもではなく、社会の側にあるという意識が内田には強くある。

「頭を打って昏倒しても、再び畳の上や競技の場に戻っていく選手の姿を称賛する傾向が日本社会にはあります。組み体操も当の子どもより、教師や保護者などの側が感動を得るためにやっている。そういった子どもや選手の命を無視して、見ている側が感動するという風潮をぼくはものすごく嫌なんです」

一方で、内田はちゃんと処世術も持ち合わせている。金髪というだけで講演会の席で高齢男性から怒鳴りつけられる等の経験をしてから、聞く耳すら持ってくれない人々が集まるであろうと予測できる集まりには、潔く黒髪のウィッグをつけ、我が闘争を放棄する。年に二、三回。誰もウィッグだと気付かないらしい。内田は研究室に置いてあった黒髪のウィッグを鏡で見ながら慎重に装着し、金髪をウィッグの下に押し込むところを見せてくれて、Vサインをした。たしかに気付かない。

[profile]

1976 ►福井県福井市生まれ。高校まで福井市内で過ごす。

1994 ►名古屋大学経済学部入学。経済や金融には興味が持てず、社会思想を専門とする安藤隆穂に師事する。この頃から、社会学に関心を持ち、学校や家庭で起きる子どもの事故や事件について深く考え始める。

1998 ►名古屋大学大学院教育学研究科（現・教育発達科学研究科）博士課程前期課程入学。研究テーマを「児童虐待」とする。

2003 ►博士課程後期課程を満期退学し、博士号を取得。博士論文題目は「『児童虐待』の経験に関する社会学的研究」。日本学術振興会特別研究員。

2006 ►愛知教育大学教育学部講師。

2008 ►ウェブサイト「学校リスク研究所」を開設し、学校内で起きているさまざまな事故（スポーツ事故や転落事故など）について、分析データを発信し始める。

2009 ►『「児童虐待」へのまなざし』（世界思想社）出版。

2011 ►名古屋大学大学院教育発達科学研究科准教授。

2013 ►『柔道事故』（河出書房新社）出版。

2014 ►個人の書き手が問題に思っていることを記事として書き、日本最大のインターネットニュース配信サイト「Yahoo! ニュース」を通して発信する「Yahoo! ニュース　個人」で「リスク・リポート」掲載開始。ネット上での反響が桁違いになっていく。

2015 ►『教育という病』（光文社新書）出版。1 年間を通して社会に最もインパクトを与える活動をした書き手に贈られる、「ヤフーオーサーアワード 2015」を受賞。

2017 ►『ブラック部活動　子どもと先生の苦しみに向き合う』（東洋館出版社）出版。

2018 ►『教師のブラック残業―「定額働かせ放題」を強いる給特法とは』（共著・学陽書房）出版。

2019 ►『学校ハラスメント　暴力・セクハラ・部活動―なぜ教育は「行き過ぎる」か』（朝日新書）出版。

愛すべきヘンな街・赤羽との出会い

清野とおる

Seino Toru　漫画家

「赤羽という街に、もう負けました。」

「ヘンな人たち」との日常を描いた『東京都北区赤羽』

いつも清野《せいの》とおるとは、逢魔が時に東京・赤羽駅前の交番前で待ち合わせた。普段、彼はメディアに露出するときのトレードマークになっている、顔を隠すために装着する白いマスクはつけない。濃紺のハーフコートに黒のタートルネックセーターといった、シンプルで目立たない格好が多い。いつも疲れているせいなのか表情が乏しいが、細身の好青年という印象は変わらない。

清野を漫画家としてメジャーにした『東京都北区赤羽』は、赤羽に出没するいわば、世間とズレた生き方しかできない「ヘンな人たち」と、赤羽でアパート暮らしをする売れない漫画家だった清野が組んずほぐれつしながら、自身の日常を通して赤羽という街を描いたエッセイ漫画である。

作品には観察者としての清野自身が登場し、街で遭遇する毀誉褒貶《きよほうへん》を引き受け、それをいぶかしみながらも、楽しむキャラクターに仕立てている。さぞかし赤羽を堪能しているイメージを受けるかもしれないが、実相はだいぶ異なっている。清野は第六感をも研ぎ澄まし、赤羽に棲息する「ヘンな人たち」の生きざまを描くために、実は人知れずコミュニケーション術を鍛えてきた。

「あんな漫画描いているのに、居酒屋やスナックのドアも開けられない自分がいやだったんです。初めの頃は知らない店に入る勇気がなくて、スーツを着て、ブランドものの鞄を持って、偽高級ブランドの腕時計をはめて、サラリーマンの格好をしたんです。スーツを着たらナメられないんじゃないかと思ったから」

もともと世間一般的な対人スキルが欠落していると自分で思っていた。だから、知らない相手と自然体では接することができない。しかし、赤羽の居酒屋やスナックを巡るうちにその性格が変わっていった。

「居酒屋に入って隣に座った人に話しかけるとか、話しかけられるテクとか、いろいろ学んだんです。独り言を言ったりするおじさんは話しかけてほしいんだろうなとか。そういうときはこっちも独り言で返すんです。そこから会話が始められる」

もちろん今はスーツは着ない。店にひたすら通い続けるしかないということを悟ったから。そう言って、清野は自嘲気味に笑った。

『東京都北区赤羽』は当初、携帯漫画からスタートした。携帯漫画サイトがつぶれたあとは『ウヒョッ!東京都北区赤羽』とタイトルを切り換え、「漫画アクション」で隔週連載になった。

単行本はシリーズ累計三〇万部を売り上げ、赤羽の書店一店舗だけで二万部を売るという伝説もつくり、メディアにも多く取り上げられた。二〇一五年には俳優の山田孝之が赤羽に一時移住するというドキュメンタリードラマも放送され、「赤羽」という街は一気に知れ渡った。清野は週刊誌等で数本の連載を抱え、締め切りに追われる日々になった。

生まれも育ちも赤羽のフリー編集者・ライターの鈴木さや香は、赤羽の街を「清野前・清野後」と表現した。「清野前」は「地元民にとってゆるい・ダサい・ちょっとダメというどこにでもある冴えない街」だったが、「山田孝之の東京都北区赤羽」が放送された頃から「文科系おしゃれ女子やイケてるクリエイターまでが赤羽を案内してって言いだした」のが「清野後」だ。

『東京都北区赤羽』は当時、赤羽にあった「居酒屋ちから」という店と清野が邂逅したことがストーリーの出発点となる。「居酒屋ちから」のマスターは年がら年中、店をやる気がない。そのくせ女性にだらしなく、惚《ほ》れた腫《は》れた絡みのトラブルが絶えない中年男だ。こんな世間から脱落したような変人の店に、これまた世間とズレている客ばかりが集まってくる。ひょんなことから清野は「居酒屋ちから」に入り浸るようになり、彼らの言動に呆れ、驚き、笑い、おののきながらも彼らをリスペクトしていく。

『ウヒョッ！東京都北区赤羽』を担当する「漫画アクション」編集長の平田昌幸は、実在する「ヘンな人たち」を描くのは、清野の漫画家としての実力の高さにあると指摘する。

「たとえば、「居酒屋ちから」の面白さを、店を知らない誰かに伝えようとしても、とても難しい。つまり、モノの見方が特異な清野さんが面白いと思ったものを、モノの見方がふつうの読者に対して正確に伝えることは相当に難しくて、清野さんの〝伝える力〟のテクニックが尋常じゃないからこそできる。正確な絵、正確なセリフ、正確なコマ割りによって、独特な清野さんの観察眼が読者に伝わるのだと思う」

清野は一九八〇年に赤羽の隣町、板橋区で生まれた。漫画に触れるようになったのは幼少の頃で、同じ家の一階で暮らしていた、漫画家だった叔父（父親の弟）の影響が大きい。

叔父は、昭和二〇年代に発刊されていた「漫画少年」によく投稿していた。同誌はマンガ好きの子どもたちの憧れで、のちに手塚治虫も講評に加わるようになり、漫画界への登竜門的存在となる。叔父は漫画家たちの梁山泊であった「トキワ荘」でのリーダー格の寺田ヒロオと特に交流があり、共に同人誌を出していたこともある。

「叔父さんは生まれつき足に障害があって、うちで漫画やイラストの仕事をしていて、ぼくがたまに駄々をこねて保育園なんかをズル休みするときは、叔父さんにめんどうをみてもらっていた。そのときに膝の上にのせてもらって、絵を描いているのを見てすごいなと思ってたんです。新幹線とか描いてくれてました」

「漫画少年」に入選すると記念の銀バッジがもらえた。清野の叔父はバッジを獲得したことがあり、今は清野の仕事場に飾ってある。幼い清野は、叔父の部屋に溢れていた、時代がかった貸本漫画や風刺漫画を片っ端から手にとって読むような早熟な子どもだった。

清野が通っていた保育園は、ブログで「地獄保育園」と題した漫画作品にしたほどの、園長らが保母や園児をいじめ抜くところだった。多動気味で落ち着きのない清野はとくに目をつけられ、園長らから罵詈雑言を浴びせられた。清野は園長と副園長から受ける虐待を、唇を震わせながら母親に訴えた。学校の教員だった清野の母親の記憶によると、息子の表情がだんだんと乏しくなり、母親は我が子を守るために保育園へ抗議を入れた。

「いま思うとああいう体験があったから、性格がねじ曲がって漫画家になることができたので、あいつらに感謝してますよ。クソ園長とクソ副園長に」

そう呟くように言って、清野は引きつった笑いを浮かべる。

自分の感覚と世間とのズレを抱えて

小学生の頃はお決まりの「少年ジャンプ」系の『ドラゴンボール』などを読んでいたが、中学に上がると「飽きたのか、ひねくれだったのかわかりませんが」、古本屋で子どもが読まないような漫画を発掘するのが楽しみになった。学校に持っていき、友人にウケると快感だった。叔父の部屋で読んだ漫画の下地があったからだろう。とくに小学校低学年のときに通っていた学童施設の漫画コーナーにあった楳図かずおの『漂流教室』に引きつけられた。

「戸棚の隅にひっそりとあったんです。怖いもの見たさもあって読んでいました。で、中学二年のときに、ふと『漂流教室』のことを思い出した」

そうして清野は、楳図かずおの世界を入り口に昭和の怪奇系・不条理系漫画にのめり込むようになった。

高校は赤羽にある男子校に進学した。入学式の日、クラス全員に配布された教科書が机の上に積み上げられた。清野にはその光景が墓場に見えた。タイムスリップして将来にはやく行ってくれと本気で思った。

「小学校低学年のときまではおもしろかったけど、それ以降は中学も高校もクソつまんない。人生終わらないかなと思ってました」

幼少期から今に至るまで、自分の感覚と世間とのズレを強く感じたまま大人になった。とくに高校時代は「ほんとに絶望的につまんなかった」から、我慢していると心身にも異常が出た。校内で突然耳が聞こえなくなり、ザッザッという雑音だけが聞こえた。電車の中でも動悸や冷や汗に襲われた。視界もかすむようになる。異常な腹痛にもおそわれた。

高校時代から漫画を本格的に描き始め、大学在学中にメジャー漫画誌に作品が連載された。学校を舞台にした不条理系の創作漫画だった。しかし連載を半年で打ち切られ、板橋区の実家にいるのがいたたまれなくなり、隣町の赤羽に引っ越したことがのちの清野の将来を決定づけることになる。当初はエッセイ漫画をやるつもりはなかったが、赤羽で遭遇する「ヘンな人たち」を観察していくうちに、これを作品にすることを思い立ったのだ。

photo 倉田貴志

しかし、いくつもの出版社に持ち込んでもボツにされ続け、その反動もあり、自由に描けるブログに描き始めた。赤羽という街が清野の背中を押したのか、とりつかれたように清野は漫画を描いた。「居酒屋ちから」に集う人々を始め、しょっちゅう遭遇するホームレスの「ペイティ」さん、年がら年中赤一色で統一した服しか着ない老人など、無数の「ヘンな人たち」と密に交流して、ブログに描き綴っていった。それが携帯漫画の編集者の目に留まったのだ。

当時、清野を担当し共に赤羽を歩きまわった、元Ｂｂｍｆマガジンの石井淳は、清野の相手との特異な関わり方と、その深さに驚かされたという。

「街で出会う、おもしろいと思う対象と関わろうとする圧倒的な姿勢。取材で関わろうとするだけじゃなく、人間として何年もつながってしまう。だから物語が途切れない」

清野は作品に編集者や、作品の準主役ともいえる赤羽在住の会社員の赤澤潤を頻繁に登場させる。自分だけが面白がるのではなく、同じ経験を共有して、初めて漫画に描くようにしているからだ。赤澤とは「居酒屋ちから」で知り合い、互いの観察眼を認め合ってきた盟友であり、同好の士だ。

赤澤は清野の作品中の自分の役割について、「あまりに非日常的な出来事に遭遇するときは緩衝材的役割、ネタの取捨選択をするときには、私の視線や反応を入れることによって決めている。私はリトマス試験紙みたいなものです」と笑う。

実は「漫画アクション」で連載していた『ウヒョッ！東京都北区赤羽』は二〇一七年六月二〇日号で「赤羽ネタが溜まり続けてしまい、ゆっくり消化する時間が必要な時期が来たようです。ネタが発酵したら連載を再開する予定ですが、それがいつかは未定です」というお知らせとともに、現在まで休載が続いている。

作品は注目されたが、清野は困憊の極致にいた。乗りに乗ってきた時期、心身に異常を覚え医療機関にかかったこともある。吐き気や、喉に異物感があった。「鼻からチューブを入れられ、喉の写真を撮られた」が、異常なし。結局は精神科にかかり、「三つぐらい病名をいただき」、薬を処方された。

「赤羽のほうからどんどんネタが降ってくる」

先の石井は、「赤羽の人たちをネタにしたニッチな作品がどこかで連載できる確約もないうちから、積極的に面白そうな人に接触してネタをかき集めるという、報われる可能性の少ない努力を何年も続けてきた。清野さん特有の観察眼は連載の中でより研ぎすまされていったと思いますし、相手の人生とつながってしまう」と清野のスタイルを解釈している。

それが自分の精神が知らず知らずのうちにすり切れた要因なのだろうと、清野も自己分析する。

「携帯漫画サイトで連載していた頃や、最初の単行本一、二巻のときは、自分から楽しんでネタをさがしていたのですが、単行本の三、四巻になると、赤羽のほうからどんどんネタが降ってくるようになりまして、ネタを見つけてしまった以上は描かなきゃならないというネタとの戦いでした。いまはネタはもういりませんという感じです。赤羽のほうからこれも描け、あれも描けと言われているような気がしてきて、だんだんつらくなっていき、赤羽という街に、もう負けました」

清野が描く人々は、世間に沿って生きている人は視界に入れないか、見ても関心を示さないような人々ばかりだ。そんな人たちを清野は素直におもしろがり、敬遠せず、がっぷり四つに組んだ。

「そのかわり漫画描かせてくださいい、お互いに楽しくやりましょうという感じだったんです。でも、自分にかかる負荷をいっさい予想してなくて、まさかこんなに心身に目に見えるかたちで支障があらわれるとは。ぼくが描く赤羽人は、もちろん赤羽で出会った一部の方々だけなのですが、深く関わっていけばいくほど、体調不良になっていった」

そう清野は言い、「少しだけ距離を置こうかなと」とため息をついた。

いまの赤羽には清野の漫画の主人公たちは、ほとんど誰もいなくなった。

占いの「赤羽の母」は引っ越し、ペイティさんも行方が知れない。「居酒屋ちから」などの変人が集まる居酒屋や、キャラの濃いマスターがいた店も多くが閉店した。

清野は少し不満げだ。

「いなくなりましたね。さみしいですよ。十年前までは外に出れば、そういうヘンな人や、ヘンな出来事にたくさん遭遇できた。いまは全然ですもん。ふつうの街になりました」

〝生き散らかした〟人々との奇跡の邂逅

清野と親交がある漫画家の押切蓮介はこう話す。

「正直、赤羽は変わっているとは思えません。赤羽にいる人たちが特別みたいな感じになっていますが、赤羽にいる人たちは日本中どこにでもいる。赤羽の住人をヒーローにしたのは、清野とおるという人間の力であり才能なのだと思う。何より赤羽の〝変わった〟人間は清野君なのです」

赤羽を『東京都北区赤羽』たらしめたのは、清野の特異な観察眼と、相手に憑依されてしまうほどの気質だった。

「漫画アクション」の平田は、今は充電中の漫画家に使命を背負わせるように、「今後、日本はいま以上に人々のストレスは肥大化して、もっと生きづらい世の中を実感する人が増えていくはず。そんな人たちに、自由に〝生き散らかして〟いいんだよという提示をするだけで、どれだけ心が楽になることか。日本総鬱状態にならないように清野さんはもっと活躍しなければならないんです」と言った。

「生き散らかす」とは清野が作品中で作った言葉だ。自分が描いた赤羽に出没する「ヘンな人たち」のことをそう表現した。なにものにも縛られない、命そのものをむき出しにしたような不器用な生き方しかできない人間たちだ。

赤澤も「街が変化を繰り返している過程で、ある時期に『居酒屋ちから』があり、ペイティさんがいたというだけのことだと思います」とドライな見方をするが、「それは奇跡だったのかもしれません」と付け加える。赤羽で「生き散らかした」人々と漫画家の天才的な才能がまじわった時間が、まさに「奇跡」だった。

[profile]

1980 ►東京都板橋区で生まれる。

1983 ►板橋区内の保育園に通うが、園長と副園長から虐待を受ける。のちに「地獄保育園」と題してブログで作品化。

1998 ►高校在学中に「ヤングマガジン増刊号　青 BUTA」掲載の「アニキの季節」でデビュー。町中のおもしろ看板などの写真を「VOW」に投稿する常連だった。大学時代には「週刊ヤングジャンプ」で「青春ヒヒ」と「ハラハラドキドキ」を連載。単行本化されたが、連載は半年間で打ち切りに。

2002 ►大学を卒業。

2003 ►隣町の赤羽で一人暮らしを始める。赤羽で出会った人々や出来事を描き綴る企画をいくつかの出版社に持ち込むが、「一般人やホームレスの写真は載せられない」などの理由で断られ続ける。個人でブログを立ち上げ、赤羽ネタを毎日のように描き綴るようになる。

2008 ►ブログが「Bbmf マガジン」の編集者の目に留まり「ケータイ★まんが王国」で「東京都北区赤羽」を連載、単行本もシリーズ化され、各メディアから注目を集めるようになる。

2012 ►「Bbmf マガジン」の出版事業撤退を受け連載が終了となるが、双葉社「漫画アクション」から声がかかり、翌年から続編となる「ウヒョッ！東京都北区赤羽」を連載開始。単行本もシリーズ化される。

2014 ►「モーニング・ツー」で「その『おこだわり』、俺にもくれよ!!」を連載開始。「週刊 SPA！」では「ゴハンスキー」を連載開始。

2015 ►テレビ東京で、俳優の山田孝之が赤羽に一時移住して、清野の作品に登場する人々と交流するドキュメンタリー ドラマ「山田孝之の東京都北区赤羽」が放送され、一気に赤羽が知られるようになる。『Love&Peace ～清野とおるのフツウの日々～』発売。

2017 ►「ウヒョッ！東京都北区赤羽」を休載。

2018 ►「ウヒョッ！東京都北区赤羽」の再開を期しつつ、他連載はいったん中止して、本人曰く「漫画家として忘れられない程度に」リセット期間をもうけ、充電に入る。赤羽内で5度目の引っ越しを画策中。

マイノリティの視点が切り取った〝世界〟

松江哲明

Matsue Tetsuaki　ドキュメンタリー監督

「閉塞感の中を生きるためには
人間として強度が必要だと思ってる。」

セルフドキュメンタリー『あんにょんキムチ』

二〇一五年九月、男の子が生まれた。松江《まつえ》哲明《てつあき》の長男だ。

その二カ月後、東京都現代美術館で今年二月まで開催された「東京アートミーティング」で、松江は小さく薄暗いブースでセルフドキュメンタリー作品を出品した。「その昔ここらへんは東京と呼ばれていたらしい」と題された二〇分ほどの短編で、妻が出産をする三カ月前から撮り始めたという極私的な作品だ。

二〇一三年に結婚したドイツ出身の妻が出産を目前にして、彼女がドイツの故郷で聴き覚えた子守歌を口ずさみながら、涙を溢れさせる映像が印象的だ。ふわふわとした光を放つ透明感のようなものが観たあとも瞼に残った。

妻との日常生活の映像に重ねるかたちで、在日コリアンである松江のルーツが自分語り的に続く。

子ども時代の写真がインサートされ、五歳で日本国籍を取得したこと、そのときに母親から「もう韓国人じゃないから心配することないのよ」と言われたこと、そう言われてもやもやした気持ちになり、韓国人であることがいけないことのように思ったこと、父親の影響で映画が好きになりレンタルビデオ店に通いつめたこと、映画学校へ進んだこと、映画学校ではセルフドキュメンタリー『あんにょんキムチ』を制作しながら自分は韓国人なのか日本人なのかというアイデンティティ・クライシスに悩んだこと。

『あんにょんキムチ』に登場する浴衣姿の松江の父親がボソッと漏らすように語る「韓国ってなんかクラいかんじがするよな」という言葉が流れたあと、松江は、これから生まれてくる息子に語りかける。

—君が生まれて、この父の言葉の意味がわかる。韓国にルーツを持つ父とドイツ人の間に生まれて、将来、君は窮屈に感じることがあるかもしれない。アイデンティティに悩むことがあるかもしれない。しかし、想像するより「世界」は広いことを知ってほしい。生きるために多くの選択肢があることを知ってほしい—。

松江がセルフドキュメンタリーの旗手と言われ注目をされたのは、一九九九年に日本映画学校（現・日本映画大学）の卒業制作として発表した『あんにょんキムチ』が卒業制作の枠を飛び越えて一般上映され、海外の映画祭等でもいくつも賞を取るなどの結果を残したことから始まる。

日本映画学校時代は決して注目される存在ではなかった。松江はハリウッド映画からインディー系まで年間三〇〇本の映画を観ている文字どおりの映画マニアだったが、映画のプロを目指す若者が集まる同校には松江レベルの手練は少なくなかった。知識的には松江の何歩も先を行っているような超学生級もごろごろしていて、互いにしのぎを削る日々を送った。

その中で、松江は類まれなる研究熱心な学生だった。当時、松江を指導した映画プロデューサーの安岡卓治（日本映画大学教授）は、かつての教え子をこう褒《ほ》める。

「ぼくが教室の中に貸し出し自由の本棚を置いて、私物の映像や本を並べたんです。メジャーなものから自主映画系までぎっしりと詰めた。松江は一日に何本も借りてむさぼるように研究して、技を盗もうとしていた。いわゆる〝知識系〟みたいな学生に対して、リスペクトと、負けまいという気持ちで、先人の作品を研究したと思う。結果は、卒業制作ですごいのをつくるんじゃないかと目されていた学生をはるかに凌《しの》ぐ作品を松江がつくってきた。それが『あんにょんキムチ』。大逆転でしたね」

『あんにょんキムチ』は松江が在日コリアンであることを友人にカミングアウトするところから始まり、家族や親族らの意見を求め、さらに自身のルーツをたずねて韓国の田舎へ旅をする。

「松江」姓は日本が朝鮮半島を侵略したときに強要した創氏改名に由来があることもわかるのだが、韓国でも自分は「何人」なのか悩む。

この作品は自身を描いたセルフドキュメンタリーであると同時に「家族の物語」を紡いだことになった。松江は自分の「血」に興奮し、戸惑い、楽しみ、血族と真正面から向き合う自分自身にカメラを向け続けた。

しかし、その『あんにょんキムチ』の完成から十数年のうちに、作品に登場する家族のうち三人が他界した。まずは松江（母方）の祖母、松江の伯母（松江の母・メイ子のいちばん上の姉）、そして松江の父・在哲だ。

映画館に連れて行ってくれたり、8ミリビデオカメラを買い与えてくれたりと、映画の道へ進むきっかけを与えてくれたのが父だった。

その父とも、だんだん映画の趣味が合わなくなっていった。父が薦めてくれた本についてては「おもしろかったよ」と嘘をつくようにもなった。が、父が死の瀬戸際に立たされたときは、毎晩付き添い、ベッドの横で夜を明かした。

「父ちゃんと映画のことをいっぱい話した。こんなに話したことはなかったよ」

そう松江は母に伝えた。父親は「みんな仲良く、母ちゃんを頼むな」と言い残して息を引き取った。二〇〇八年一〇月。がんの告知から三週間での急逝だった。

「二〇〇八年は自分がガラッと変わった年でした。なんか〝家族〟というものがつらくて、受け入れることが精神的にダメになってしまったんです。ぼくだけが親の面倒をみないで自由に海外に行っているとか陰で言われたり、家族同士の複雑な感情がこんがらがり、しがらみがほとほと嫌になってしまったんです。一時期は精神的に荒れまくって、夜中に、絡んできた酔っ払いと喧嘩してパトカーを呼ばれたこともありました」

映画に心を救われ、映画で妻とめぐりあう

じつは父親の「死」以外にも、家族が絡んだ「受難」が待ち受けていた。亡くなった祖母が財産を松江に譲ることを、家族に相談せずに遺言していたことが判明したのだ。

松江の与《あずか》り知らないことだったが、叔母たちは憤慨し、自分たちの遺留分を請求して松江に対していきなり訴訟を起こしてきた。それも在哲の通夜のときにその通知が届いたから、「よりによってこんなときにしなくてもいいだろう」と松江は激怒する。

結局、親戚が間に入り話し合いで解決をしたが、『あんにょんキムチ』で確認したはずの家族の絆のようなものが、残酷にも反転して松江に降りかかってきた。これには松江はこたえ、精神的に壊れかけた。

松江の母親・メイ子は、「その一件で、哲明の気持ちは（家族から）離れていったと思う」と悲しそうな顔をした。

「『あんにょんキムチ』をつくったあとの作品の中にポルノみたいなのがあるとかい

う偏見的な声が家族や親戚の中であって、それが哲明の耳にも入ってギクシャクしていたこともあったと思います。家族という血のつながりの濃さに、おカネが絡んで、どろどろした感情が噴き出してきた。それが哲明には我慢できなかったんだと思います。哲明は感情をストレートに出す性格なので、それが一気に出てしまったんだと思います」

しかし壊れかけた松江を救ったのも、映画であり、映画を作る仲間だった。

父親が亡くなった翌年の元旦、松江は『ライブテープ』の撮影にのぞんだ。ミュージシャンの前野健太のゲリラライブを、ワンカット七四分で撮りきったドキュメンタリー映画だ。父親の死を振り切るかのように、そして荒《すさ》んでざらついた心に治癒の手をあてがうように、松江は前野が弾き語る姿を追った。松江にとってドキュメンタリーをつくることは、自らの魂の救済に等しかったのかもしれない。そして何より、その映画が妻との出会いを引き寄せてくれた。

妻となるドイツ人女性と知り合ったのは、『あんにょんキムチ』や『ライブテープ』等が上映された、二〇一〇年にドイツのフランクフルトで開かれたニッポン・コネクションという映画祭だ。映画だけではなく、日本文化を紹介する趣旨もあった同映画祭に、高校時代から日本で暮らしている彼女が日本語通訳として参加していた。『ライブテープ』はニッポンデジタルアワードを受賞した。

「彼女は最初はぼくのことをキライだったらしい。彼女はエロとか暴力が描かれている映画が嫌いなのですが、ぼくが過去に撮ったアダルトものも知っていて、こいつサイテーだという目で見られていたんです。でも一週間ぐらいいっしょにいるうちに、ぼくへの認識も変わったみたい。いざ帰国する段になって、アイスランドの火山が二〇〇年ぶりぐらいに噴火して飛行機が飛ばなくなり、日本に帰ることができなくなった。それで彼女のベルリンのアパートに泊めてもらうなどしているうちに、付き合うようになったんです。映画みたいでしょ」

そう言って笑う松江の横に座り、ぐずる息子を抱いた妻は、普段から前のめり気味にしゃべる夫の横顔をじっと見ていた。どうして恋仲になったのかを妻に聞くと、静かな笑みを浮かべた。

「そうですね。家族を大事にしてくれる人だと思ったからです。それは私も含めて、生まれた子どもや、互いの家族を大事にしてくれるということですね」

松江は息子を妻の腕から取り上げて抱き上げ、赤ちゃん言葉で息子の名前を呼びながら頬ずりをして、満面の笑みを浮かべた。

二〇一一年三月一一日の東日本大震災のとき、二人は韓国にいた。とてつもない数の人が死に、行方不明になり、原発が被災したニュースを見つめた。妻の両親は、放射能が危険だから日本に戻らないでほしいとさえ伝えてきた。

「そのときにとてつもない不安におそわれて、彼女と結婚して、ずっといっしょにいたいと決心したんです。彼女といると世界が広がる気がした。生きる選択肢が増えたというか、日本とドイツという物理的な意味でも、価値観でも。妻はぼくのドキュメンタリーの手法がどこか人を騙すようなところがあると感じていて、取材をされた側の人があとで不快な思いをするんじゃないかって心配するんです。なるほどなと思った。ぼくは自分の手法を変えないけれど、出て良かったと思ってもらえるような作品を作りたいと考えるようになったんです」

photo 伊ヶ崎忍

妻はある意味で松江の価値観と対極にある価値観を持っている、松江のそれまでの人生にとっては、「外部」からおとずれた女性だったかもしれないが、松江は自然に受け入れることができ、彼女は女神のような存在になった。結婚指輪に松江は

「ＳＥＫＡＩ」＝世界と刻字し、妻は「ＨＥＩＷＡ」＝平和と入れた。夫と出会って平和を得た、という意味だという。

松江は昨年から今年にかけて、ことのほか忙しくしている。とくに監督業として力を注いだのは、漫画家・清野とおるのコミック『東京都北区赤羽』を原作にしたドキュメンタリードラマ『山田孝之の東京都北区赤羽』だ。盟友・山下淳弘との共同監督で作り上げた。

清野とおる作品を続けて映像化

『東京都北区赤羽』は清野自身が住んでいる北区赤羽の一癖も二癖もある実在の住人らとの濃密な交流を描いたエッセイ漫画だ。『山田孝之の東京都北区赤羽』は、俳優の山田孝之が実際に赤羽のアパートに住み、原作に登場する実際の住人らと親交を深めながら俳優としての懊悩《おうのう》を解いていくというような筋立てのドキュメンタリードラマなのだが、そこに松江の手法が遺憾なく発揮され、虚実の境界を曖昧にしたドキュメンタリー仕立てになっている。

じつは『東京都北区赤羽』には何度も映像化のオファーが舞い込んでいたが、清野は断り続けてきた。持ちかけられた映像化の企画は、旬のタレントを赤羽の住人役に配置しただけのものだったからだ。しかし松江のアイデアはそれまでの誰とも違った。清野はこう振り返る。

「以前から松江さんの作品を観ていたこともあって、（オファーを受けたとき）ハイいいですよって快諾したんですが、内心は映像化は無理だろうなと思っていたんです。でも、松江さんは正式にはドラマ化する企画は決まっていないのに、「もう撮るって決めたので他から映像化の話が来ても断ってくださいね」って言って、自分も北区に引っ越してきたんです」

もともとは松江の雑誌のコラム連載のイラストを清野が担当するという間柄だった。その付き合いの中で、清野が松江に「なんで映像の人ってつまんないんですか？」とずばり言ってのけたことがある。

「その一言が強烈に印象に残って、ぼくも前から清野さんの世界観は大好きだったの

で、いきなり映像化したいから権利を売らないでくださいって頼んだんです。それから四年間いろいろな制作会社に企画を持ち込んだが実現できなかった。だったらテレビでやるしかないと思い、脚本家に相談したんです」（松江）

『東京都北区赤羽』の次に撮ったのは、やはり清野の作品を題材とした『その「おこだわり」、私にもくれよ!!』。登場する強烈な個性の人々を役者が演じるのはダサい、と松江は思っていた。それでは原作の持つ力に負けてしまう。

清野は異様ともいえる存在感を放つ街場の「素人」たちと生身でぶつかりながら描くタイプの漫画家だ。これを役者にただ演じさせるのは失礼だ。それにはメタノンフィクションしかない。そう松江は確信した。

「リハーサルなしのテイクワンで起きたことをそのまま記録する手法を取りました。つまり、それはドキュメンタリー的で、ぼくがやってきたセルフドキュメンタリーの手法を応用したものです。セルフドキュメンタリーの手法はかつてはマイナー感があったけれど、この作り方が清野さんの作品を映像化するには一番かっこよかったと思います。知っている俳優が、素人相手にこんな演技や表情をするはずがないと観ている人に思わせる、でもどこか本当のことに思わせる」

そういった手法や演出技術では誰にも負けない自信がある、と松江は胸を張った。

「辺境的な視点から人や社会を切り取りたい」

松江はプロになってから、より多くの映画を観るようになった。今も年間五〇〇本近く。引っ越したばかりの自宅のプロジェクターを備えつけた仕事部屋には、四千本以上のDVDやVHSのコレクションが溢れ返っている。

「『あんにょんキムチ』を撮った頃のぼくは今の自分とは違うけれど、この国でマイノリティとして生きることをずっと考えてきた。閉塞感の中を生きるためには人間として強度が必要だと思ってる。だから、同じような価値観や生き方を共有できる人や物事を撮っていきたいと思うし、世の中では一般的ではない辺境的な視点から人や社会を切り取りたい。そういう欲求も人一倍強いと思っています」

今でも数年に一度はセルフドキュメンタリーを発表している。「自分自身のガス抜きみたいなもんですかね」と笑ってはいるが、それは天性の全身セルフドキュメンタリストゆえなのだろう。

家族の中の確執や別離、再生は誰にでも起きうるありふれた出来事なのだろうが、身に起きるあらゆることをドキュメンタリーを撮る力に転化させていくのは、松江にしかできない「世界」との向き合い方なのだろう。

[profile]

1977 ►東京都生まれ。
1983 ►家族とともに日本国籍を取得、柳姓から、松江姓となる。
1996 ►日本映画学校（現・日本映画大学）入学
1999 ►日本映画学校の卒業制作『あんにょんキムチ』が、山形国際ドキュメンタリー映画祭アジア千波万波特別賞、NETPAC 特別賞などを受賞。
2003 ►『カレーライスの女たち』発表。
2005 ►『アイデンティティ』発表。
2006 ►『セキ☆ララ』を発表。『森達也の「ドキュメンタリーは嘘をつく」』を編集。
2007 ►『童貞。をプロデュース』を発表。
2009 ►『あんにょん由美香』を発表。『ライブテープ』が第 22 回東京国際映画祭「日本映画·ある視点」部門作品賞（09 年)、第 10 回ニッポン·コネクション「ニッポンデジタルアワード」（ドイツ·フランクフルト、10 年）を受賞。
2011 ►『トーキョードリフター』を発表。
2012 ►高次脳機能障害を負ったディジュリドゥ奏者・GOMA を描いたドキュメンタリー映画『フラッシュバックメモリーズ　3D』が第 25 回東京国際映画祭コンペティション部門観客賞を受賞。第 23 回日本映画プロフェッショナル大賞特別賞を受賞（14 年)。
2013 ►ドイツ人女性と結婚。
2015 ►ドキュメンタリードラマ『山田孝之の東京都北区赤羽』で、東京ドラマアウォード 2015 の演出賞を共同監督の山下敦弘とともに受賞。
2016 ►清野とおるの『その「おこだわり」、俺にもくれよ!!』を題材に監督としてドキュメンタリードラマ化した『その「おこだわり」、私にもくれよ!!』発表。同作の DVD–BOX 発売。
2017 ►ドキュメンタリドラマ『山田孝之のカンヌ映画祭』を山下敦弘と共同監督。

路上の熱量

石川竜一

Ishikawa Ryuichi　写真家

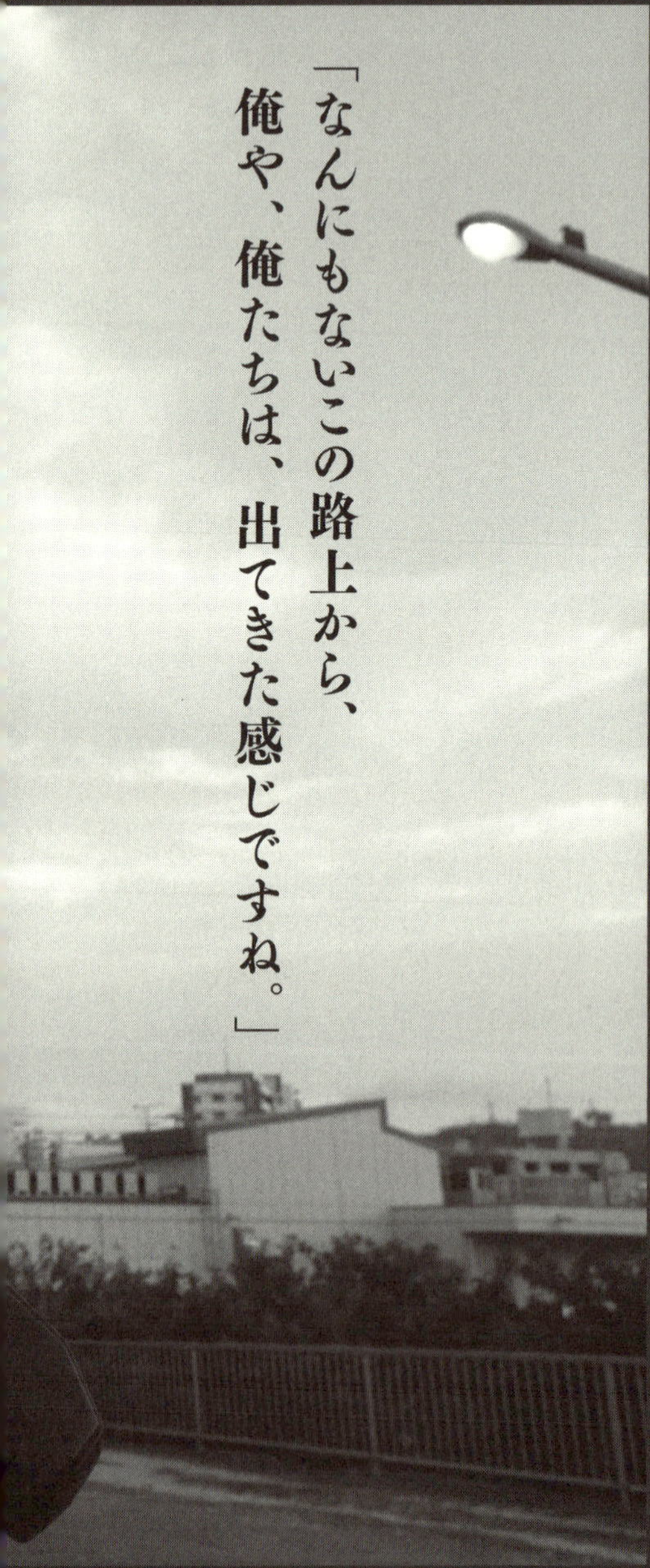

「なんにもないこの路上から、
俺や、俺たちは、出てきた感じですね。」

RUBBER TABI,
HARNESS, BACKPACK,
LIGHTER, LIGHTER FLUID, 2 KG OF
BROWN SUGAR, CAMERA,

沖縄のポートレートで木村伊兵衛写真賞を受賞

スウェーデンのメーカー、ハッセルブラッドのカメラを二台、むき出しのまま肩から交差するようにかけ、ビッグスクーターで沖縄の街を走る。それが写真家・石川竜一の普段の姿だ。

撮りたい、と直感的に思う人と遭遇したら迷わず声をかける。ポートレートを撮り始めたのは二〇一〇年。三千人を超える「沖縄の肖像」を撮った。頭であれこれ考える前に被写体と向き合い、シャッターを押した。束の間の邂逅の連続。

「**撮って撮って、自分は消えてしまえばいいと思ってた**」

かつての自分を振り返ってこう石川は言った。ところが、無数の被写体と向き合ううちに、自分にとってよそよそしかった世界はその姿を変えていった。

石川の写真集『okinawan portraits 2010－2012』（二〇一四年、赤々舎）を初めて手にしたとき、名状し難い衝撃を受けた。あえて言葉にすれば、あらゆる外部からの沖縄イメージの地表を叩き割り、ひっぺがし、誰も見向きもしない地肌を露出させたようだとでも言おうか。

切り取られた沖縄の風景の中に、人間がたった一人、立っている。町の中で、自然の中で、ポーズをとるわけでもなく、表情を作るわけでもなく、ただこちらを見つめている一三五点のポートレートは、どこか殺伐としているように感じられたし、人間の存在の孤絶感というような感覚をもたらした。しかし、同時に、撮り手が被写体を抱きしめようとしている意志のようなものも感じ取れた。

石川は、この写真集と、同時に刊行した『絶景のポリフォニー』（同）で、その年の木村伊兵衛写真賞を受賞した。

二〇一五年に刊行された三冊目の写真集『adrenamix』は、前二作へと続く、初期作品集だ。ほとんどが二〇〇九年、石川が二五歳のときに撮影した。暴走族、スケーター、セックスをするカップル、駐車場にたむろって酒を飲む若者たち。青年期に味わう鬱屈や悦び、思いどおりにいかない人生への咆哮が、浮かび上がっている。

木村伊兵衛写真賞を受賞した後も、石川は生まれ育った沖縄に拠点を置いている。しかし沖縄で過ごす時間はものすごく少なくなった。写真展への参加や、メジャーな雑誌からの撮影のオファーが立て続けに舞いこむようになったからだ。今年（二〇一六年）だけですでに五つの個展を開催し、五つのグループ展に参加した。年内に、さらに四カ所ほどで展示が予定されている。

二月には、約六年ぶりに音楽活動を再開した宇多田ヒカルとのフォトセッションを行った。写真は宇多田の新しいアーティスト写真として公開され、四月に発売された「ぴあ MUSIC COMPLEX Vol.4」で特集もされた。雑誌『SWITCH』一〇月号の巻頭特集では、映画『SCOOP!』でパパラッチ役を演じた福山雅治を撮り下ろした。

沖縄在住で、アジアのカルチャー・アート情報を発信するウェブサイト「Offshore」を主宰する山本佳奈子は、沖縄に移住して石川の活動や作品を知り、注目するようになった。山本は、石川の現在の活躍をこう見る。

「彼が撮っている対象はいまだにストリートかもしれない。でも、彼自身はもうストリートを卒業した、という感じがします」

写真界の芥川賞と言われる木村伊兵衛写真賞を受賞した石川が、写真を撮ることで探し続けているものとは何だろうか。若き写真家は、どこから来て、どこへ行こうとしているのか。

リサイクルショップで千円のカメラを買う

二〇歳になった頃、石川は毎晩のように「P2」にたむろしていた。那覇の北に位置する浦添にあるハンバーガーショップA&Wの沖縄一号店の横の、何の変哲もない駐車場だ。「P2」とはその「第二駐車場」のことだ。暴走族も集まれば、スケーターもやってくる、地元では知られた場所だった。時間やエネルギーを持て余した若者が夜な夜な集まり、アスファルトの上に座り込んだ。

その「路上」に気の置けない友人らとたまり、夜を徹して酒を飲み、語り続けた。話題は尽きなかった。とりとめもなくしゃべる。向かいどころのないエネルギーが横溢《おういつ》していた。

「俺たちはいつも何かやりたいと話し合ってました。たとえば芸大に行ってるやつは

専門的な勉強ができたかもしれないけど、俺たちはない。人に承認されたいし、見てほしいけど、何をやればいいかわからない。だいたい音楽の話なんかをしてたけど、酒飲むのが目的です。ときどきいろんな社会現象についても議論した。毎日酒飲むためには、毎日誰か有名人の誕生日会をすればいいって誰かが言い出して、過去の偉人たちの誕生日会をやって、その偉人たちについて話をしたこともある。毎日そんな感じでずっと話していました」

石川は、中学校に進むとき、父親の勧めでボクシングを始めた。格闘技は性に合っていた。のめりこみ、高校時代は国体で全国三位にまでのぼりつめた。大学やプロのボクシングジムから獲得のオファーが舞いこんだが、高校卒業を機に石川はあっさりとボクシングをやめてしまう。

「チャンピオンを目指してボクシングを続けるってそんな甘いもんじゃないんです。ボクシング漬けの日々がもし急に途絶えたら、何もなくなってしまう。それが怖かったんです」

県内の大学に進学したが、生活環境の激変からか、無気力な鬱状態に陥り、死ぬことばかりを考えるようになる。

「俺は何もしてなくて、死ぬこともできなかった。何もしてなくても人は人に迷惑をかけるんだと思った。メシは食うし、住むところもいる。タバコも吸う。生きているだけでカネがかかる。もう自己嫌悪だけでしたね」

あるとき、那覇市内の商店街浮島通りをあてもなくふらふらと歩いていた。すると、面識のあるリサイクルショップの主が石川を見つけて声をかけてきた。

「おい、これを買わないか」

店主はカメラを手にしていた。一九六八年に発売された「オリンパストリップ35」という、フルサイズの小型ＥＥカメラだった。ＥＥとは、今でいうＡＥ（自動露出）機能である。

ポケットには、ちょうど恋人から借りた二千円があった。石川はその日、所持金を何かで使い切りたいという強迫的な思いでいたから——二千円を使い切るのはタバコでもなんでもよかった――そこでカメラをすすめられたことは何か運命にも、啓示のようにも思えた。カメラは千円だった。

「当時カラーフィルムが終わるころで、一〇〇円で売っていたんです。それを一〇本買って、全部撮りきって、現像に出して、引き取りにいったら全部写ってなかった。でも俺はカメラが壊れているとは思わなくて。AEカメラだからどうやっても写るはずなんです。写らないのは俺が使い方がわからないせいだと……。

でも、そのカメラは、恥ずかしくて人に見せられるようなもんじゃない。だから、現像屋のおっちゃんに実物を見せずに「こういうタイプのカメラなんですけど」って聞いたりしてました。そうやっていろんな人にカメラの使い方を聞いていくうちに、自分の中で写真を撮るイメージができたし、知識もついた。あるとき、しょうがなく、その現像屋のおっちゃんに、このカメラなんだよねと持っていったら、「壊れてるね」と言われたんです。よし、そしたら、バイトして動くカメラを買おう、と」

ちなみにリサイクルショップの店主は、壊れたカメラを売りつけたわけではなく、完動品を売ったつもりだった。しかし、結果的に写真の神から手招きをされたようなものなのだから、世の中はおもしろい。

二二歳のとき内地（沖縄以外の日本）の自動車工場に季節労働に行き、夜は塩茹《ゆ》でしただけのパスタを食べる生活を一年送り、一六〇万円を貯めた。東京・新宿のホストクラブでも働いたし、沖縄に戻ってバーテンダーもやった。写真を本格的にやるためにカメラや道具を揃える必要があった。

「その頃、俺の中では、自分はどうせ死ねない、クズ野郎なんだから、何かをやりたい放題、だれかに殺されるぐらいやっていいいんじゃないかと開き直るようになっていたんです。写真家になりたいと考えていたわけではなく、なんでもよかったんです。ひたすら撮って撮って、自分は消えてしまえばいいいと思ってた」

「なにもないこの路上から、俺たちは出てきた」

写真を始めた頃は抽象的な合成写真をつくっていたという。「沖縄で生きる人々を生々しく切り取った写真家」というイメージとはかなり違う。

石川の表現の出発点について、興味深いエピソードを本人から聞いた。

石川は幼少から少年期にかけて、しょっちゅう同じ夢を見ていたという。地球と宇宙が戦争をしている。宇宙からの攻撃を受けて小学校の体育館に走って逃げようとしたら、端っこに女の子が一人座っていた。この子も逃げて来たんだと思って、そこに寄っていっしょに座っていた。すると、性欲のような「ちょっとむらむらする感じ」がおそった。急にその女の子が「いいよ」と言い、ワンピースをまくって、石川の頭にかぶせた。女の子の腹が見えたと思った瞬間、目の前の腹がぐにゃぐにゃと蛇がとぐろを巻くかのように歪んだ。石川はこの女の子は宇宙人なんだと思うのだが、なぜかその瞬間が「心地いいんです」。

夢はいつもそこで終わった。石川はその女の子に恋心のような思いを抱く。寝る前に、その女の子の顔が見たいと願って瞼《まぶた》を閉じると、同じ夢をまた見ることができた。一週間同じ夢を見たこともあった。

中学生になるとその夢を見ることはなくなっていたが、あるとき、夢の中の女の子

photo 亀山 亮

が大好きだったことをふいに思い出した。彼女どうしてるかなと思いながら眠りにつくと、女の子は自分と一緒に小学校の駐車場にいて、手をつないでずっと空を見ているではないか。きっと女の子は宇宙に帰るんだと思った。どこからか飛んできたUFOを見上げていたら、いきなり女の子がいなくなったと同時に、UFOの窓に石川自身がいた。UFOを見上げている石川を、石川自身が見下ろしていたのだ。

そんな夢の話を一気にしゃべって、石川は「いかにもフロイト的な夢判断っぽくないですか」と笑った。

「初めてつくった合成写真のプリントを幼な

じみに見せたことがあるんです。そうしたら、「おまえ、これ、小学校のころ言ってたよなー」と言われたんです。「なんのこと？」って聞いたら、その女の子の夢だった」

そのプリントは、真っ白に塗った自分の体と、ガジュマルの木の幹を合成したものだった。

「子どもの頃の夢が無意識に出たと思った。そこから合成写真にはまっていくんです。おもしろい。自分の内面や無意識みたいなものがどんどん出てくると思った」

大学を卒業する頃、石川は沖縄舞踊家のしば正龍に出会う。齢九十にならんとするしばは、タイ舞踊やインド舞踊、コンテンポラリーダンスなどの身体表現を追求する前衛派だ。石川は、のちにしばの写真を撮るために――踊りを習うことが条件だった――付き人のような生活を送るようになる。

その二年後には写真家の勇崎哲史と出会い、師事する。写真の技術や写真を撮ることの意味について考えることを学んだ。二人の「師」の間を大型スクーターで行き来する生活の中で、石川は、行き交う人や、友人たちの日常を撮った。

「カメラは持っていたけど、何もかもがどうでもよかったから、写真を撮って、そのまま酒飲んで道端で寝てしまうというような生活だったんです。ゲイバーとかはしごして、そのバーで寝てしまったり、友達の家に転がり込んだり、公園やアーケードの中で二、三時間仮眠とって、写真撮って、酒飲んで、また朝がきて、しばさんや勇崎さんのところに行くという生活でした。実家には一、二週間に一回ぐらい、風呂入りに帰ってました」

ピアニストの米田哲也は、当時、毎夜のように石川と過ごした仲間の一人だ。現在は那覇市安里でライブハウス「ファンファーレ」を経営する米田はこう言う。

「僕たちの人生は今も現在進行形で続いていて、未来もどうなるかはわかりません。あの時の僕たちは子供でもなく大人でもなく、社会の中でも不確定な存在だった。P2という路上はカオスでした。でも、その中で竜一は、僕らよりはるかに状況を客観視していたのかもしれません」

石川とP2に行ってみた。数年ぶりだという。駐車場の真ん中あたりに柵ができていた以外、何も変わっていなかった。相変わらず、何もなかった。座り込むとアスファルトが蓄えた熱がじわりと尻から上がってきた。「ここかよ？と思いません？なんもないんですよ」と石川は笑い声をあげた。

「なんにもないこの路上から、俺や、俺たちは、出てきた感じですね」

石川にポートレートの撮影をすすめたのは勇崎だった。沖縄の若者が沖縄の若者を撮った写真を見てみたい、という勇崎の希望でもあった。被写体と向き合うとき、物腰の柔らかい石川の性格が生きるのではないか。そう石川は背中を押された。

「始めてみると、今までみたいな人（被写体）との向き合い方をしていてはいけない、と思うようになった。俺が求めているものや探している何かは、被写体から常に与えられるものだ、と思っていてはいけないというか。その瞬間を無駄にしていくようでは、カメラの前に立ってくれた人に申し訳ないというか。そういう感覚を持つようになったんです」

それから石川は、大好きだった音楽を聴くことを自らに禁じてまで写真にのめり込むようになる。

「お前が探しているのはこれじゃないのか」

Ｐ2のアスファルトに座り込み、石川と話し込んでいたら、空が赤く染まりだした。目の前の幹線道路は那覇方面に向かう車線が渋滞し始めた。

鬱状態で、死ぬことばかり考えていた頃、耽読したのが、ハイデガーの『存在と時間』だという。今ここにいても、次の瞬間は過去になる。存在するとは時間的であるということ。そして、死に向き合うからこそ、生きることが実感でき、真剣に生きようとすることができる――。

石川は、写真集『okinawan portraits 2010－2012』に自らこう書いている。

「写真には自分の意識を越えたものまで写ってしまう。それを知っているにもかかわらず、写真について語り、思いを巡らせていくなかで、それがもともと自分のもっているような、高尚な気分に浸ってしまう。しかし、それは全部後付けに過ぎず、本当はただ、その人と、その場所で、その時にしかない、写真との出会い。それだけなのだ。そんななかで写真はいつも話しかけてきてくれる。「お前が探しているのはこれじゃないのか」と。しかし、それも断定はできないのだ。多分、永遠に。」

道端でひょいと手渡されたカメラが、一人の青年に生き続ける理由と糧《かて》をもたらした。

二〇一六年九月、石川は、『okinawan portrait 2010－2012』の続編となる『okinawan portrait 2012－2016』を出版した。その写真集で「沖縄の肖像」はいったん終えるつもりだ。

「もう沖縄を撮らないということではないんです。今は沖縄と内地半々の生活なので、沖縄ポートレートを終わらせるのは俺にとっては自然なことなんです。今はいただいた仕事はすべてやっています。自分が本当に撮りたいものと、撮らしてもらうものは本来は別なのかもしれませんが、それに区別をつけていません。なぜなら、そうすることによって、自分の中から何か新しいものを引き出せる可能性があると思っているからなんです」

[profile]

1984 ► 沖縄県生まれ。

2006 ► 沖縄国際大学科社会文化学科卒業。

2014 ► 写真集『okinawan portraits 2010-2012』(赤々舎)、『絶景のポリフォニー』(赤々舎) 個展「絶景のポリフォニー」(銀座ニコンサロン・東京)、「zkop」(アツコバルー・東京)

2015 ► 第40回木村伊兵衛写真賞、日本写真協会新人賞を受賞。写真集『adrenamix』(赤々舎、2015)、「okinawan portraits」(The Third Gallery Aya・大阪)

2016 ► 写真集『CAMP』(SLANT)、『okinawan portraits 2012-2016』(赤々舎)、「考えたときには、もう目の前にはない　石川竜一展」(横浜市民ギャラリーあざみ野・神奈川)、「CAMP」(WAG gallery・東京)、「CAMP & OKINAWA」(Have A nice GALLERY、台北)、グループ展「ドバイ・フォト」(ドバイ デザイン ディストリクト・ドバイ)、「六本木クロッシング2016展　僕の身体、あなたの声」(森美術館・東京) 等。

2017 ► 個展「草に沖に」(アンダースロー、京都)、「OUTREMER/群青」(アツコバルー、東京)

2018 ► 個展「zkop: a blessing in disguise」(Yamamoto Keiko Rochaix ロンドン、イギリス)、「OUTREMER/群青」(The Third Gallery Aya、大阪)、「adrenamix」(PIN-UP、沖縄)

2019 ► 「Oh！マツリ★ゴト 昭和・平成のヒーロー＆ピーポー」兵庫県立美術館、兵庫

とめどなき表現への渇望

松居大悟

Matsui Daigo　映画監督・劇団「ゴジゲン」主宰

「自分だけでやっていると思っていたけれど、
自分ができることは少ないと思うようになった。」

『バイプレイヤーズ』――大杉漣との出会いと別れ

東京・渋谷から地下鉄で数駅の静かな住宅地。築五十年近いという、レトロ感溢れる低層マンションに、松居大悟《まついだいご》は一人で住んでいる。

映画のDVDや本が雑多に積み上げてあり、お世辞にも片づいているとはいえない。大型のテレビモニターにソファ。大好きなチャップリンや尾崎豊のポスター、映画のチラシ、アイデアを書き溜めたメモ、絵コンテやらが無造作に壁に留めてある。演劇から映画、俳優、物書きとして、何かを「表現」することを寝ても醒めても渇望する松居のアタマの中をのぞき込んだかのようだ。

雑然とした部屋の片隅に、一枚の写真が飾ってあった。俳優・大杉漣《おおすぎれん》（享年六六）との写真だ。松居が監督を務めたドラマ『バイプレイヤーズ～もしも名脇役がテレ東朝ドラで無人島生活したら～』（テレビ東京）の撮影中に、二人で打ち合わせをしているところだという。大杉はこのドラマの座長でもあったが、撮影終盤に急逝した。今年（二〇一八年）二月の出来事だった。

「漣さんが亡くなる二日前に、気付かず撮られていたものです。シーズン2の最終話の撮影中でした。「監督ちょっと」って呼ばれて、「このセリフ、こうしたほうが伝わりやすくないかなあ」と相談されて。ぼくが「こうします」と提案すると、「あ、それいいね」って話しているところです」

漣さんは息子ぐらいの年齢のぼくの意見にも真剣に耳を傾けてくれたんですよね。

そう言って松居は写真が入った額を手にとった。

「漣さんが亡くなる前日に撮影していたときに、「松居さん、ぼくら俳優は勝手に芝居しているんで、好きなように撮ってくださいね」と何げなく言われたんですが、その言葉が亡くなったあとで、ぼくの中で大きな意味を持ってしまった。自分が漣さんの最後を撮ったことも妙に背負ってしまいました」

監督と演者という関係だったが、まるで大杉漣の死に水をとるような別れ方が、松居の心に棘《とげ》のようなものを残した。

松居の名が世間的に知られるようになったのは、二〇一二年にコミックスが原作の映画『アフロ田中』の監督をしたことだろう。

それを皮切りに、尾崎世界観率いる「クリープハイプ」のメジャーデビュー以降のビデオクリップを数多く手がけ、他にも映画『アズミ・ハルコは行方不明』『アイスと雨音』など、これまでに何本もの映像の監督をしているが、キャリアのスタートはもっと早く、大学時代にＮＨＫの連続ドラマの脚本を担当したことだった。ＮＨＫでの連続ドラマ脚本家としては最年少となった。

映画・映像監督としての才能が業界で高く評価されているだけでなく、二〇一八年七月から放送されたドラマ『グッド・ドクター』（フジテレビ）で、研修医の役を演じた俳優でもあるし、大学時代から続ける劇団「ゴジゲン」の主宰者でもある。

本人曰く「それまでは『アフロ』のイメージが強かったんですが、今はバイプレイヤーズの松居と言われるようになった」ほど、『バイプレイヤーズ』は松居の代名詞を上書きした。

兄を恐れて引きこもる日々

監督、俳優、劇団の主宰者とマルチにこなし、『バイプレイヤーズ』に登場する大杉を始め、遠藤憲一、田口トモロヲ、寺島進、松重豊、光石研ら、アクの強い六人の俳優たちを見事に演出し、撮影現場を取り仕切ったと聞くと、器用そうなイメージが湧くかもしれない。しかし三三歳の監督は、少年期から連続する屈折と再生のただ中にある。

福岡に生まれた松居は、小学生の頃から漫画ばかり読んでいた。『ドラえもん』など藤子・F・不二雄の作品にはまった。やがて自分でも描くようになり、漫画家になりたいと夢見た。「今でも漫画家になる夢は捨てていませんよ」と松居は笑うが、映像のコンテを練るときは漫画のコマ割りのように考えるクセがついた。

中学一年のとき、家族の生活に変化が起きた。

専業主婦だった母親は、地元で「松居トコ」名でエッセイ集を出版、名が売れた存在になった。そのままメディアで活動することに専念したいと思ったが、女は男の一歩うしろに下がっているべきとの考え方の夫（松居の父親）はそれを認めず離婚に至り、トコは執筆やテレビ、ラジオなどの仕事に引っ張りだこになりながら、長男の秀幸と大悟を育てる。

忙しさに心身をすり減らしながら、トコは松居を連れて演劇を観に行った。トコは言う。

「私が演劇が好きでしたから、福岡に来る商業演劇をいっしょに観に行きました。小学生のときから大人が観るものを嬉々として観ていました」

阿佐ヶ谷スパイダース（長塚圭史・主宰）、Ｇ２（演出家）さんの芝居、蜷川幸雄さん、三谷幸喜さん、劇団四季、ラーメンズ、鴻上尚史さん……トコはどんどん指を折っていく。

「チケットを二枚買って、大ちゃんを連れていきました。彼は子どもなりに愉《たの》しんでいたと思います。長塚さんの不条理劇もおもしろかったね、すごかったね、と言ってましたから」

しかし多忙をきわめた母は二人の息子と過ごす時間が減り、家族がばらばらの方向を向いたようになった。

当時のことを、二歳上の兄の秀幸は久方ぶりに記憶から掘り起こした。

「当時、私はアウトローな生活になり、そんな私を避けるように弟は部屋からあまり出てきませんでした。不良っぽい友人やギャルみたいな女の子とリビングで溜まったりしていて、弟は部屋から出てきて彼らに絡まれるのが本当に嫌だったようで、トイレすら我慢していたようです」

たしかに松居はそんな兄を避けていたが、兄は兄で「ダサい引きこもり」の弟に無関心だった。

「その時の私への怒りや恐れの感情は、彼の表現に多く使われていると思います。ゴジゲンの初期の作品はその頃の家族をそのまま描写していて、胸がしめつけられました」

松居は兄の述懐通り、兄が怖くて部屋に引きこもるようになってしまっていた。

ほとんど家の外に出られなかった。部屋に閉じこもる生活のストレスから過食になり太ってしまい、学校に行けば行ったで体形をからかわれた。

ハムスターを母親に買ってもらい、寂しさを紛らわせた。そして、ひたすら尾崎豊を聴くようになる。歌詞を書き起こし、俺は自由にやりたいことをやって生きていいんだと自分を鼓舞し続けた。高校になると一人でカラオケボックスに行き、尾崎を歌いまくった。大まじめに「尾崎豊になりたい」と思った。

今でも「コンディションがいいときに覚悟を決めて聴かないと気持ちをもっていかれそうになる」ほど好きだ。松居が脚本から手がけた最新作の映画『君が君で君だ』では尾崎の楽曲が使われ、主人公の一人にも「尾崎豊」と名付けているほどだ。

独り引きこもった時間を過ごすうち、母親の人生の選択を目の当たりにし、そして演劇の楽しさなどがないまぜになり、松居は独特の世界観を構築していった。三人の家族関係は、引っ越しをし、環境が変わることでだんだんと元通りになっていった。

劇団「ゴジゲン」の立ち上げと活動休止

進学した東京の大学で演劇サークルに入った。そこで知り合ったサークル内の三人で劇団「ゴジゲン」を在学中に立ち上げ、のちに独立する。当時の松居に演劇人として生きていく影響を与えたのが、劇団「ヨーロッパ企画」の上田誠である。

ヨーロッパ企画の二〇周年を祝うメッセージに松居が、「常に革命のようなコメディを開発しながら、血まみれで二十年走り続ける師匠・先輩方の背中は眩《まぶ》しいです。演劇界で侮られ続けたコメディという分野で、圧倒的面白さでねじ伏せたこと、やっぱかっこいいです」と寄せているように、松居はヨーロッパ企画一〇周年公演の時に文芸助手として参加、そこで「ゴジゲン」と名付けてもらった。当時の上田は初対面の松居から人を惹《ひ》きつける印象を受けた。

「最初は松居くんからメールをくれたんです。僕がある学生演劇祭のトークゲストに出ることになっていて、その演劇祭に松居くんも参加していて。その時に会えませんか、というような旨でした。飲み会で会って、なんだか屈折していながらも熱い心をもった人だなあ、と思い、というか完全に意気投合してしまって、松居くんの家にその日は泊めてもらいました。初めて会ってそんなことをしたのは後にも先にもという感じです」

年数を経るごとに、ゴジゲンは客も人気も獲得していった。しかし、二〇一一年に上演した「極めてやわらかい道」で活動を休止する。興行的にも二千人を動員して成功した矢先だったが、松居は自己嫌悪と屈折、混乱の極致にあった。劇団をつくってからは、劇団を大きくするための目的しかなかった。劇団員はその道具にすぎず、劇団員の意見も聞かずに自分の考えが絶対的に正しいと思っていたという。

「本当の優しさっていうのは、相手にバレてはいけない、気づかれたら優しさではないし。本当に好きな相手に好きだと伝えてはいけない。人に好きって言うことは、自分の気持ちを抑えられないから伝えるにすぎないというエゴで、そんな個人的感情なんかで相手の人生に迷惑をかけるなよという謎の考え方をしてました」

疑心暗鬼の塊のような、かつ他者に対して閉じた意識。これでは共同作業は難しい。大学の同期かつゴジゲンの旗揚げメンバーでもあり、全ての公演に出演してきた目次《めつぎ》立樹《りっき》も当時の松居を覚えている。

「松居は自分を傷つけるように、成り上がらなきゃいけないみたいなかんじで演劇をやっていたし、いっしょに創作していてこっちまで苦しくなったぐらいです。いったん休止することには賛同しました」

ゴジゲンの休止はむろん、松居本人の葛藤の末の自滅的判断ではあったが、目次が「やめたい」と申し出たことが決定打だった。目次に対して松居は、貫して盟友とも畏友とも言える不思議な「感情」を離さないでいる。

「目次がやめたら（ゴジゲンを）続けられなくなるんです。彼がいるから続けていられる。ぼくはいつも目次のことがわからないんです。わからないから、毎回いっしょにやってきている。わからないから、いつもやっていておもしろくて。十四、五年の付き合いになります。やり続けるモチベーションとして目次という存在があるんです。彼をわかりたいからではないけれど、彼がわからないから、わかりたいからワクワクする」

突然の映画監督デビュー

演劇の休止と入れ替わるようにして、松居には映像の仕事が次々と舞い込んできた。

初めて映画監督を務めるのもこの時のことだ。

ゴジゲンの芝居を観に来ていた映画の配給会社のスタッフが「漫画の『アフロ田中』をこんなタッチで映画に撮ってほしい」と、松居に監督をやってほしいとオファーをしたのだ。それが松居にとって、監督業を手がけるきっかけになる。それまで商業映画を撮ったことはなく、とうぜん助監督などの経験もなく、いきなりの監督抜擢だった。

映画には原作があり、かつ大勢のスタッフとの共同作業になる。監督としていくつもの作品に携わるうちに、自分だけが正しい、では現場は回らないことを身体でわかるようになってきた。映像の現場のプロたちに揉まれて、自意識の鼻がへし折られた。

「それまでは自分だけでやっていると思っていたけれど、自分ができることは少ないと思うようになった。専門知識もない中で、たくさんの人といろんな角度から一緒に作品を考えて、自分が思ってもなかったようなものが生まれて、人を信じてみようと思った。ですが、その一方で第一線にいる俳優やミュージシャンがおまえの感覚おもしろいと認めてくれて、人と対話ができるようになっていったんです」

それから三年後、松居は目次に電話した。「また、やりたい」と。松居からの電話に目次が応えたことが、ゴジゲンの再始動へ強い動機付けになった。

二〇一八年、松居が監督をした映画と舞台が公開された。映画『君が君で君だ』と、

photo 植田真紗美

ゴジゲンの新作舞台『君が君で君を君を君を』だ。どちらも『極めてやわらかい道』が基になっている。『君が君で君だ』に関しては、設定はほぼ当時のままだ。

鬱屈が塗り込められたようなアパートの一室。一人の女性に憧れる三人の男が段ボールで窓をふさぎ、そこに開けた小窓か

ら彼女の生活を観察し記録し続ける。彼らの部屋は「国」となり、国の外側にいる者の侵入を拒む。社会とつながるのは段ボールに開けられた「小窓」だけ。一人の女性への愛を観察することでしか表現できない男たちの狂気じみた存在。当時の松居の「恋愛は一方的なものでしかないのではないか」という問いかけを表現したものだという。『君が君で君を君を君を』はさらに映画からの進化形である。

松居は八年もの時間をかけて一つのテーマを追い求めてきたことになるが、時間が経つほどに演出が変わるのは、松居の心の在り方の変化そのものだと言っていい。しかし、松居を含めた若い世代の演者の言語化できないような感情や情熱がほとばしり、社会へ放熱する世界は連続していることがわかる。

「俺の中では漣さんはまだ生きている」

隠し窓のようなところからしか世界とコミットできないのは、松居の原風景とつながっているのではないか。『極めてやわらかい道』を観劇し、『君が君で君だ』のプロデューサーとして尽力した、大学の同級生で大手広告会社に勤める阿部広太郎にそう問いかけると、すぐに頷いた。

「狭い小さい部屋、小さい世界から抜け出したいと思っていてもできない。ああいう部屋は誰の心の中にもあるんじゃないでしょうか。松居君のどの作品にも不器用でうまく生きられない人が描かれていると思うのです」

この一一月に福岡でひらかれた『君が君で君を君を君を』の宣伝イベントで、『極めてやわらかい道』から今作に至るまでの違いを常連の客から質問され、松居はこんなふうに答えた。

「最初の舞台（『極めてやわらかい道』）のように、勝手に他人と線をひいて、こっち側にいるやつだけで国をつくって、他の人を入れないというのを無意識的に自分はやっていたけれど、今回のはまったく別物になっています」

自分は生まれ変わったのだと言いたげな、松居の笑顔が印象に残った。しかし、まちがいなく大杉の急逝が松居に新たな迷いを与えてもいる。

「漣さんはこんなに多くの人に愛されていたんだと知って、それまで自分は少ない人に深く刺さるものをつくるという考えだったのが、多くの人に愛されるものをつくりたいと思うようになった。自分に漣さんの話をみんながしてくれるのは嬉しくもあり、そうでもないのです。俺の中では漣さんはまだ生きているのに、みんな後片付けしてるみたいで……」

私戦のような自意識との闘いや葛藤。松居はそこからは逃れられないのかもしれない。ゆえに、言葉にならないような人間の感情をなんらかの表現に託し、社会へと放出させ続けないと窒息してしまうような忙しい日常を送る。

それでももう、次のテーマは決まっている。今後は「家族」を真正面から描いていきたいのだと言う。家族ってなんだろう。そんな松居の叫びのような声はもう喉から出かかっている。

[profile]

1985 ► 福岡県生まれ。小学校の頃はぬいぐるみ遊びが好きだった。久留米大学附設中学・高校在学中に同級生とコンビを組み、M-1グランプリに連続で出場。相方の谷口崇はのちにアニメーターとして成功を収めていく。

2004 ► 慶応義塾大学経済学部入学。

2006 ► ヨーロッパ企画の舞台に感銘を受け、舞台『かけぬけない球児』（作・演出・出演）を初めて手掛ける。

2008 ► 大学を休学し、ヨーロッパ企画『あんなに優しかったゴーレム』文芸助手として参加。

2009 ► NHK 連続ドラマ『ふたつのスピカ』で脚本家デビュー。

2010 ► 自主制作映画『ちょうどいい幸せ』で沖縄映像祭 2010 グランプリ受賞。東京グローブ座『0 号室の客〜帰ってきた男〜』（主演：小山慶一郎）で商業舞台初演出。ゴーチ・ブラザーズに所属。

2011 ► ゴジゲン『極めてやわらかい道』（作・演出・出演）の後、ゴジゲン活動休止。

2012 ► 長編映画初監督作『アフロ田中』公開。

2013 ► 映画『自分の事ばかりで情けなくなるよ』（監督・脚本）で東京国際映画祭に初参加。映画ロケハン中に父が逝去。

2014 ► 映画『スイートプールサイド』（監督・脚本）。ゴジゲン復活公演『ごきげんさマイポレンド』。

2015 ► 『ワンダフルワールドエンド』（監督・脚本）でベルリン国際映画祭出品。『私たちのハァハァ』でゆうばり国際ファンタスティック映画祭２冠受賞。書籍『さあハイヒール折れろ　松居大悟恋愛対談集』

1206 ► 映画『アズミ・ハルコは行方不明』（監督）。漫画『恋と罰』原作。

2017 ► ドラマ『バイプレイヤーズ〜もしも６人の名脇役がシェアハウスで暮らしたら〜』（チーフ監督・脚本）。第 50 回北九州市民文化奨励賞受賞。ゴジゲンメンバーが 6 人になる。

2018 ► 映画『アイスと雨音』『君が君で君だ』（ともに監督・脚本）。ゴジゲン10 周年公演『君が君で君で君を君を君を』（作・演出・出演）。ドラマ『バイプレイヤーズ〜もしも名脇役がテレ東朝ドラで無人島生活したら〜』（監督）。FM ラジオ「JUMP OVER」のナビゲーターをスタート。

2019 ► ラジオから演劇を作る舞台『みみばしる』（作・演出）、VR 配信もされた。映画『# ハンド全力』（監督・脚本）を撮影。

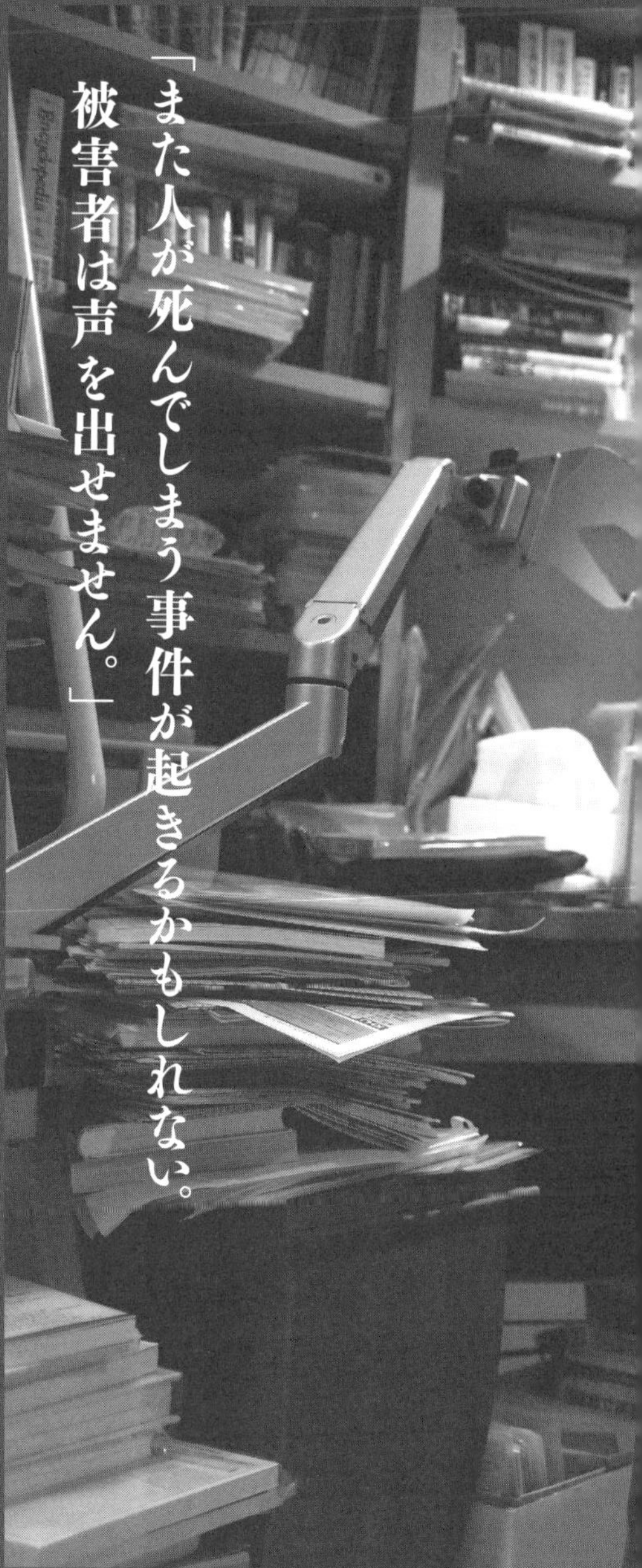

「また人が死んでしまう事件が起きるかもしれない。
被害者は声を出せません。」

異端児の怒りと苛立ち

斎藤 環

Saito Tamaki 精神科医

「ひきこもり支援」の名を借りた暴力

二〇一六年三月二一日、ひきこもり支援団体「ワンステップスクール伊藤学校」による「ひきこもり支援現場」が、テレビ朝日「ビートたけしのTVタックル」の中で取り上げられた。

そこでは、同団体のスタッフが、ひきこもりの若者らを暴力的に無理やり部屋から引き出すという「支援」の模様が無批判に映し出されていた。斎藤《さいとう》環《たまき》は放送されるや否や、テレビ朝日と同団体を糾弾する記者会見を開いた。斎藤は言う。

「不登校、ひきこもり、家庭内暴力といった青少年の問題行動に対して、これまで多くの民間団体が〝支援という名の暴力〟を振るってきた。古くは、戸塚ヨットスクールに始まるこうした〝矯正〟施設は、訓練生の死亡事件で戸塚校長が逮捕された後、一時的に鳴りをひそめていたが、二〇〇〇年代には〝ひきこもりを二時間で直す〟と豪語する長田百合子の支援活動がテレビメディアを賑わせました」

「長田百合子」とは、問題行動を繰り返す子どもの自宅をスタッフとともに訪問し、本人と親を罵倒するなどして時に暴力をふるい、強引に自身が経営する「長田塾（長田寮）」という寮に入れ、労働に従事させる「矯正」活動をおこなっていた人物である。当時マスコミは長田を「奇跡のおばちゃん」などともちあげた。しかし、二〇〇六年、長田は元寮生から暴力的処遇とプライバシー侵害に関して提訴され、名古屋高裁は長田側に一〇〇〇万円の賠償を命じる判決を下している。

また、ほぼ同時期、長田の実妹である「杉浦昌子」の経営する「アイ・メンタルスクール」で、ひきこもって家庭内暴力をふるっていたという二六歳の男性が、自宅にとつぜん訪れた「支援者」らによって暴行を受け、さらにマンションの一室に監禁、外傷性ショックで死亡するという事件が起きた。杉浦は監禁致死容疑で逮捕され、懲役三年六カ月の実刑が確定した。

記者会見で斎藤は実名を挙げ、これまでの暴力的「支援」は連綿と続いてきていることを強調した。普段は温和に喋るが、この問題を語るときは語気に激しい怒りが込められていることがこちらに伝わってくる。

「あれから十年が過ぎた今、ぼくたちは再び当時の亡霊を目の当たりにしてるんだと

思う」

斎藤は苛立ちを隠さない。そして、一拍間を置き「長田百合子を止められなかったという、ぼく自身のトラウマなんです」と言って深いため息をついた。

十年前、斎藤はテレビの討論番組で長田に会っていた。当時から長田には批判的な立場だったが、メディアが持ち上げていることもあり、長田的な手法に対抗するための批判が社会に届かなかったという悔しさを引きずった。やがて事件が起き、犠牲者が出てしまう。

「けっきょく彼女たちの暴走を止められなかった。人が死ぬ前に止められなかった。また人が死んでしまう事件が起きるかもしれないんです。被害者は声を出せません」

斎藤は同業である精神科医をも槍玉に挙げ、「しかるべき発言の権利と場所を持っているのに（長田や杉浦を）程度の低い業者だと冷笑するだけで、無視を決め込んでいた」と容赦ない。そして斎藤の怒りは、「支援という名の暴力」を美談として持ち上げ、取り上げてきたメディアにも向く。

「メディアは数人でもうるさく言うやつがいると自粛をするでしょう。今回の抗議は、それを狙ったんです。こうした事件の遠因はマスコミが何度も好意的に取り上げたことです。でも、とりわけ主犯格であるテレビメディアがこの点を反省した形跡はありませんでした」

斎藤はひきこもりの当事者や家族と面会を重ね、ひきこもる本人を取り巻く人間関係を調整していく「治療的支援」を行っている。必要ならば投薬治療もおこなってきた。長年務めた千葉県船橋市にある爽風会佐々木病院（現・あしたの風クリニック）の常勤を四年前に辞し、現在は母校の教員・研究者としての日常を送りながら、大学病院やクリニックの非常勤等で週に三度臨床を続けている。週末は講演やシンポジウムで各地を飛び回る。メディアへの露出も増えた。

深刻化するひきこもりの高齢化

一九九八年、博士論文に加筆して書き上げた『社会的ひきこもり』がベストセラーとなり、一躍世間に知られるところとなった。ひきこもり問題の先駆的な著作は、四〇刷以上を重ね、約二十年近くが経った今も皮肉にも「現役」のままである。

一連のひきこもりについての膨大な著作は、じつは精神科医に読んでほしいと思って書いてきた。読みさえすれば、知識や経験がなくても急場しのぎ的な対応ができるように。しかし、同業者に読まれている実感がつかめないところに、ジレンマを感じてもきた。それでも遅い歩みながらも、適切な対処方法や理解が認知されつつあるのはわかっているが、事態の深刻さははるか先を進んでいる。

その一つが、ひきこもりの高年齢化だ。社団法人青少年健康センターの中で斎藤が主宰する家族会が取った一三三通のアンケートによれば、ひきこもりの平均年齢は三四・四歳。下は一〇代から上は六〇代になっている。親の平均年齢は六五・五歳。ひきこもりの平均期間も一〇年を超えている。

内閣府が二〇一六年九月に公表した「若者の生活に関する調査」によると「ひきこもり」は全国で推計五四万一千人。二〇一〇年の調査よりは減少していると「成果」を強調したが、三九歳までを「若者」としているため、ひきこもりが継続している四〇歳以上が調査対象から外れている。

「今は二〇歳を過ぎてからひきこもるケースが増え、退職してからひきこもるケースがあるぐらいなのです」

斎藤のジレンマは続く。ひきこもりの支援には高度な専門性を必要としないこともあり、「支援」団体は間口が広い。暴力を許容する「伊藤学校」のような団体から、元当事者が立ち上げた団体まで、さまざまな「支援団体」の人間関係が交じり合い、重なり合っている。斎藤の「非暴力」支援を押し出した言動に同調する人々の中でも、「伊藤学校」に一定の接点を持ってしまう人々も少なくない現状がある。

自閉症や発達障害、ひきこもりの相談を受けているNPOに関わり、斎藤とも親しい坪井久美子は、「親たちがすがることができるところを探しているうちに、ああいうところとも人間関係ができてしまう」と現状を話した。

「伊藤学校の人たちは生い立ちの中で暴力との親和性が高い方々ですし、ひきこもり当事者に寄り添うことの延長として、暴力的な関わりもアリと考えているのでしょう。一方で、本当は暴力を厳しく否定している専門家や支援者の中にも彼らの〝熱意〟に一定の理解を示している方々もいて、結果的にそういう人々は伊藤学校のようなところの広告的な役割を果たしてしまっています」

岩手県北上市に生まれ、盛岡の名門高校を卒業した。父母とも教員で、「親戚かき集めたら学校ができるぐらいの」教員一族。

「学校に対してぼくが厳しい発言を続けるのはその当時の学校の記憶も関係している。よくも悪くも、学校がいかに閉鎖的で独特の文化かということが、親戚が集まって話しているのを聞いて感じていました」

物心ついた頃から漠然と、「精神科医をやりながらエッセイとか書けたらいいな」と思っていたという。とくに中学生時代に耽読した北杜夫というロールモデルが影響を与えた。映画批評や漫画論、社会時評から「猫論」まで言葉を自在に操る斎藤は憧れを実現したことになる。

「ぼくらのときは北杜夫派と遠藤周作派でわかれていた。昆虫採集が好きで、そのあたりが北杜夫とシンクロしたというのもありましたね。ユングとか読んで精神科医に興味はあったけど、神経内科とか耳鼻科もいいかなといろいろ考えたんですが、やっぱり精神科しかないと思った。親は息子が精神科医になってがっかりしたようですけど」

筑波大学へ進むと、当時、助教授職にあった精神科医の稲村博に師事した。稲村は八〇年代から不登校の問題に着目し、不登校はいつか家族問題に発展し、さらに社会問題化するかもしれないと主張した。「不登校はいずれ無気力症になる」とまで発言、不登校児を入院治療させる等の手法がメディアや不登校関連の団体から激しく批判された。猛烈なバッシングを受け、実質的に学会から追放されるような晩年を迎える。

斎藤にはその弟子ということだけで、不登校や子どもの人権を踏みにじる悪徳精神科医という先入観がついてまわった。問題意識も手法も稲村と大きく異なっていても、批判されたり、冷遇されたりしていると今でも感じることがあるという。じつは斎藤は稲村については著作等でほとんど語ってこなかったが、そんな師を反面教師としてとらえているという。

「実質的に、ひきこもり問題を発見したのは稲村先生だけれど、人権に配慮がなかったから叩かれた。ぼくは彼に恨みはないです。再評価する気持ちもないけれど、もう少しフェアな評価はしたいなとは思う」

「非暴力支援」を徹底する——異端児の決意

筑波大学では大学院一年目から外来で一人で臨床をまかされた。いきなり現場に放り込まれるやり方に焦ったが、臨床経験は積めた。その中でひきこもりについての臨床や研究を重ねていくことになる。

「ひきこもりのことを始めたのは、先行研究がぜんぜんなかったから。日本のように学校に行かないで、ひたすらひきこもっているという現象は海外では報告がなかった。これをきちんとやればパイオニアになれるというのもありました。ぼくは精神科医として最初はボーダーラインとか、パーソナリティ研究をやりたかったけれど、ひきこもり問題に触れるほうが社会的意義があると思ったんです」

以来ずっと、ひきこもり問題について取り組んできた。二〇一〇年に厚生労働省が定めたひきこもりのガイドラインには斎藤も研究班の一員として関わり、定義等に斎藤の主張が織り込まれた。

しかし一方で、厚労省の「ひきこもり」の分類方法は斎藤のそれとは真っ向から対立するものになり、それは自他ともに認めるひきこもり問題の第一人者が業界内では「異端」という位置付けになったことを意味した。本人は「被害妄想かもしれないけど」と前置きしながらも、それも大きなジレンマになっていると言った。

というのは、厚労省のひきこもりの定義付けは斎藤とほぼ同じだが、「ひきこもり」を腑分けしたときに、九五パーセントは精神障害と発達障害、解離性パーソナリティ障害などの精神障害を持つとされたのだ。ここに斎藤は強い違和感を覚える。

「なぜこんな数字になったのかというと、精神保健福祉センターに相談にきた人の中で判断しているから。病院にきた人の九五パーセントが病気でしたというのは当たり前じゃないですか。そこから全体を類推するのはおかしい。これでは、ひきこもりについての誤ったメッセージを与えてしまう」

もちろん、斎藤もひきこもり全てを病気ではないと言うつもりはない。社会不安障害や、うつ病などのケースもままあり、そのときはもちろん精神医学的な治療をおこなう。しかし、ひきこもり問題の第一人者が取ってきた、対話と人間関係を重視する「家族療法」的アプローチは決して主流にはなっていなかったのだ。

「伊藤学校のような〝支援〟団体は、ひきこもりの人たちに対して、親を苦しめるごくつぶしには、正義の鉄槌をかましてやるんだというノリのようにも見える。現代の空気感と同じですよね。気合入れてがんばっているやつがいちばんえらくて、がんばってないやつは全部だめ。それが日本で起きている図式なんです」

冒頭の記者会見で斎藤といっしょに会見席に並んだ、ひきこもり問題に詳しいジャーナリストの池上正樹は、「ひきこもり問題の第一人者としての存在感」を感じながら斎藤の横顔を見ていた。

「臨床家としてはひきこもり問題は幅広くいろいろな支援団体と仲良くしておいたほうがラクだと思いますし、少しくらいの暴力的強要も仕方ないと考える支援業者もいまだに存在する。そういう部分と決別して、ひきこもりの当事者や家族のほうを向こうと決めたのだと思った」

暴力的「ひきこもり支援」を根絶し、非暴力の支援を徹底させるという斎藤の決意を、池上は読み取ったという。

斎藤らの今回の「告発」を受け、ひきこもり当事者らが編集する「ひきこもり新聞」が創刊された。代表の木村直弘は現在三二歳だが、十年近く自宅にひきこもっていた。斎藤が家族に介入、対話を繰り返し、家族関係を調整した結果、木村はひきこもり生活に終止符を打つことができた。

「斎藤先生の決意を受け取ろうと思った。本来ならあの問題にはひきこもり当事者が声を上げるべきだった。これからはひきこもり当事者が、〝支援〟団体から受けた被害の声の受け皿やメディアの窓口になろうと思っています」と木村は斎藤の行動に感謝した。

斎藤はいま「オープンダイアローグ」という、薬物をほとんど使わず、医師が当事者と家族のもとに出向き対話を重ねることのみで統合失調症を治療していく、フィンランド発の治療方法の研究と実践に全力を傾注している。新しい精神医療の可能性を見いだし、「ひきこもり」問題にも応用できると考えているからだ。週に三回の臨床はその実践の場でもある。先の木村に対しても「鬱状態にはある」とは診断したが、薬は処方せず、オープンダイアローグ的な治療で社会復帰させた第一例目だ。

斎藤は講演等ではどちらかというとポーカーフェイスで、深刻度を増すひきこもりの問題すらも淡々と、それも畳みかけるように早口で語る印象がある。しかし木村が面談した斎藤はまた別の顔を見せるという。

「椅子に浅く腰掛けて、ほとんど自分からは話さなくて、こちらが言葉に詰まって話せなくなっても、ゆったりと構えて待っていてくれる感じです。話し方もゆっくり。でも、じっとこちらを観察してくれている」（木村）

オープンダイアローグ的な治療は精神医療業界では圧倒的にまだ少数派で、薬をやめてしまって大丈夫なのかという精神科医らの不安と疑心がある。さらにはこの手法をつきつめれば、精神科医にとっては勤務先が激減し、とうぜん病棟も必要が少なくなっていく可能性すらあるが、「今までいろいろな精神治療を学んできたが、一番まっとうな方法」だと斎藤は断言してはばからない。

「ひきこもり」本人と親の高齢化は待ったなしの日本で、斎藤のジレンマはこれからも続くのだろう。が、そのジレンマは、「支援」に名を借りた暴力によって奪われた犠牲者への追悼でもあるはずだ。斎藤が怒りと苛立ちを向けるのは、私たちの生きる社会の「空気」そのものなのだ。

[profile]

1961 ►岩手県北上市生まれ。
1980 ►岩手県立盛岡第一高等学校卒業後、筑波大学入学。
1986 ►筑波大学医学専門学群卒業。
1990 ►筑波大学大学院医学研究科（環境生態学）博士課程修了。その後、爽風会佐々木病院勤務。同病院診療部長などを務めた。
1996 ►青少年健康センターで思春期の電話・手紙相談等を担当する。
1998 ►博士論文をベースにした『社会的ひきこもり』を出版。社会問題化した「ひきこもり」についての治療や発言を始める。
2000 ►『戦闘美少女の精神分析』出版。
2002 ►『「ひきこもり」救出マニュアル』出版。
2003 ►NHKのひきこもりサポートキャンペーンに協力。
2006 ►『生き延びるためのラカン』出版。
2010 ►『関係の化学としての文学』で、日本病跡学会賞を受賞。
2012 ►『ひきこもりのライフプラン』（ファイナンシャルプランナーの畠中雅子との共著）出版。ひきこもりの高齢化を指摘する。
2013 ►筑波大学医学医療系・社会精神保健学教授に就任。『世界が土曜の夜の夢なら』で角川財団学芸賞を受賞。同書で「日本ヤンキー論」を展開する。『承認をめぐる病』出版。
2014 ►『ヤンキー化する日本』出版。
2015 ►フィンランドで実践され効果を上げている「オープンダイアローグ」に傾注。第一人者のユバスキュラ大学教授ヤーコ・セイックラの論文を訳した『オープンダイアローグとは何か』を出版。
2018 ►『フェイクの時代に隠されていること』（対談・福山哲郎）出版。

adidas
FCR

「人生無駄にしたと思うぐらい、反骨心ばっかりで生きてきた。」

反骨のサッカーボール

金 鐘成

Kim Jongsong　プロサッカーチーム監督

「幻の強豪」在日コリアンチームからJリーグへ

那覇空港を出発するモノレールは、ビルの五階か六階ぐらいの高さがあり、車窓から街を俯瞰することができる。那覇の中心部にさしかかり、安里駅や牧志駅を通過するとき、眼下の風景が変わってくることに気づく。広い道路に面したマンションやビルの裏側に点在する、入り組んだ路地や老朽化した家々が丸見えになるのだ。

J3の（当時）プロサッカーチームFC琉球監督の金鍾成《キムジョンソン》はその風景を眺めるたびに思う。

「ああ、自分の生まれ育った枝川の昔の風景に似ているな」

東京都江東区枝川一丁目は在日コリアンの歴史が凝縮された街だ。母校の東京朝鮮第二初級学校が今もあるし、鍾成の自宅もそこにある。妻の洪貞心《ホンジョンシム》が切り盛りする韓国料理店もある。

枝川の歴史は、一九四〇年の「幻の東京オリンピック」前夜から始まる。一九二〇年代、東京湾岸部の塩崎や浜園などの埋め立て地に在日コリアンがバラック小屋を建てて住み始めた。しかし、一九三六年に東京オリンピックの開催が決定されると、バラック小屋は枝川に強制移転させられた。日中戦争の影響でオリンピックは中止になったが、枝川は千人ほどの在日コリアンが集住する地域となった。鍾成には生まれ育った街と、那覇の「裏側」の風景が、どこか重なって見えるのだ。

彼が沖縄に「移住」して、サッカーを通じ「沖縄」と深く関わり始めてから、二年近くが経とうとしている。二〇一五年からFC琉球アカデミーディレクター兼ジュニアユース監督を務め、二〇一六年にトップチームの監督に就任した。

「沖縄の歴史は我々在日コリアンと似ているところがあるのに、サッカーを指導していて、反骨心が薄い感じがするんです。こんなことを言ったら怒られますが、沖縄の人たちの感情として本土にいい感情を持っていなかったり、複雑な思いがあるのなら、県外のチームには絶対に勝つぞとか、そういう激しい闘争心のようなものです。でも、ぼくが接している若い世代だとそういう精神性がないのは当然なのかもしれません。ぼくは人生無駄にしたと思うぐらい、日本人に負けるかという反骨心ばっかりで生きてきたから」

そう笑いながら鍾成は言った。もともと浅黒いほうだが、沖縄で真っ黒に日焼けして、笑うと白い歯がニッと出る。たしかに鍾成が率いるＦＣ琉球は平均年齢二三歳と若い。今年から沖縄出身の高卒選手も加入した。

ＦＣ琉球は元来、選手がスポンサー企業で働きながらボールを蹴ってきた。しかし、一部が倒産するなどしてスポンサー企業からの選手への賃金の未払いが発生する騒動も起き、チームは落ち着きを失って、二年連続でリーグ九位と低迷していた。

そこで二〇一六年シーズンを前に、薄給ではあるが全員をプロ契約に切り換えた。鍾成が監督になった新生ＦＣ琉球は、レンタル移籍終了を含む十四選手がチームを離れ、県内外やブラジルから若い選手を獲得し、大刷新をはかった。

欧州や南米では一六、一七歳でプロを目指していくのがスタンダードだが、日本ではまだ相対的にプロを目指す年齢が高い傾向がある。チームを思い切って若返らせたのは、一〇代の選手を育ててＪ３で闘えるチームにするというフロント陣の戦略がある。金鍾成が呼ばれたのは、指導力も含め、彼の人柄がざわつき気味だったチームに落ち着きを与えると判断されたからだ。誠実にチームや選手と接していける指導者であると認められたのだ。

現役時代の鍾成は、在日コリアンのサッカー選手の中でもとりわけ、日本への闘争心を剥き出しにしてプレーした選手だった。それは、在日コリアンサッカーの歴史そのものが「差別」との闘いの歴史と重なり合い、マイノリティである在日同胞と一体化することで存在してきたからだ。

鍾成も所属していた在日朝鮮蹴球団（現在のＦＣコリア）は、戦後、在日同胞を励ますために結成され、各地で日本人チームと闘って勝ちを重ねてきた。しかし、日本サッカー協会主催の公式大会には出場できなかった。外国籍の選手は一チームに三名までしか登録できないという壁があるからだ。ゆえに「幻の強豪」と呼ばれ、Ｊリーグが発足する以前は、日本サッカーリーグのチームは在日蹴球団の胸を借りて練習を積んできた。

一九九三年にＪリーグが発足したが、「一条校」（日本の法律で定められた学校。民族学校は各種学校扱い）を出れば外国籍扱いしない選手として一名まで登録できる特別枠が用意されただけだった。朝鮮籍・韓国籍の在日コリアン選手はこの「在日枠」を使ってJリーグでプレーしてきた。鍾成もこの資格を得るために、朝鮮大学校を出たあとに、都立上野高校の通信制を卒業した。

全国高等学校体育連盟主催の大会にも、民族学校は「一条校」ではないという理由で長らく出場が認められなかった。サッカー少年たちがもっとも憧れる全国高等学校サッカー選手権大会に出場できるようになったのは一九九六年のことである。在日コリアンのサッカー指導者らが朝鮮学校が高体連に加盟できないのは人権侵害だとして、日弁連に人権救済申し立てなどを行なってきた経緯もある。

鍾成は、朝鮮大学校から在日朝鮮蹴球団に入り、一九九五年にジュビロ磐田、翌九六年にコンサドーレ札幌でプレイした。九七年に蹴球団にコーチ兼任として戻り、一九九八年に現役を引退したあとは母校の東京朝鮮中高級学校高級部サッカー部や朝鮮大学校でコーチや監督を務めた。沖縄に渡って来たのは二〇一五年のことである。現役の間には北朝鮮代表選手としても活躍し、一九九〇年には南北統一大会のために在日コリアン選手として初めて北朝鮮から韓国に入った。南北分断後、在日コリアンが板門店を越えたのは彼で二人目だった。生まれ育った日本での差別と、祖国の政治状況を背負ってボールを蹴ってきた希有な存在であると言っていい。

Ｊリーグが発足した一九九三年から『コリアンサッカーブルース』というノンフィクションを書くためにＪリーグ発足時から活躍していた在日コリアン選手らに取材を始めたころ、彼に幾度もインタビューをする機会があった。

ジュビロ磐田に在籍していたとき、鍾成は三一歳。鍾成をジュビロに招聘したのは、元日本代表監督で、そのあとにジュビロで指揮をとっていたハンス・オフトである。同胞社会から抜け出して「日本人社会」でプレーする選択は、鍾成にとってひとつの大きな決断だった。彼がジュビロを離れる前に聞いた言葉を今でも覚えている。

「北朝鮮代表とか在日のチームでやったときは、この試合で自分が死んでもいいという気持ちになりましたが、ここＪリーグでは死んではいけないという気持ちがありました。プロだから、僕はジュビロのものなんだから、ここで死なきゃいけない人間なのに、死のうとしなかったのがいけなかったのかな、と」

在日同胞のためにプレーしたいという、幼少期から醸成された使命感がサッカー選手として鍾成を成長させたのはまぎれもないことだが、それが両刃の剣だったということか。当時、こうも語っていた。

「一プレーヤーとしての可能性を試したいという気持ちもありましたが、僕の目標はあくまで祖国（北朝鮮）の代表入りであり、同胞の子どもたちのためにJリーグでやるんだという気持ちでやってきた。でも、磐田を応援する日本の人たちが『キム！キム！』と声援を送ってくれる。それには心打たれるものがありました。蹴球団では日本人チームに在日のチームが勝たなきゃいけないという気持ちを優先してきた。相手がどこであろうと、そういう気持ちでやってきた。それが、今、できないんです」

その後、コンサドーレ札幌に移籍したとき、年長者組であり人望も厚かった彼はチームのまとめ役になった。サッカーチームは在日コリアンも日本人も関係なくひとつの「社会」なのだと考え、最善をつくすことが重要だと思うようになった。それが若い世代の同胞への刺激にもなるし、メッセージにもなる。その考えは沖縄に来た今も「進化」を遂げているという。

マイノリティがマイノリティを指導する〝革命的事態〟

当時から鍾成が言っていたのは、日本のサッカー全体を強くするためには、在日枠の撤廃だけでなく、「アジアフリー」にするべきだということだ。アジア圏の国々の選手なら、日本人と同じように何人でもチームに入れることを認めるべきではないか。現在でこそ各チーム一人の「アジア枠」（アジアサッカー連盟加盟国の国籍の選手）が認められ、「Jリーグ提携国枠」（アジア枠とは別に、タイ、ベトナム、ミャンマー、カンボジア、シンガポール、インドネシアの国籍の選手）も新設されたのが現状である。ちなみにEU域内のリーグの大半では、EU加盟国の国籍を持つ選手の保有に制限を設けていない。

「脱亜論の逆です。外国籍に規制を設けているのは日本人選手を強くするためだと初代の川淵チェアマンは言っていたけれど、逆だと思うんです。アジアは日本のクラブチームではフリーにしないと、日本が強くならないし、アジア全体も強くならない。日本だけ強くなるのはありえない。アジアを強くするために日本がリーダーシップをとる。今ＦＣ琉球でアジア枠を使っているのはＧＫの朴一圭《パクイルギュ》、在日枠はミッドフィルダー朴利基《パクリキ》。ブラジル人三人が外国人枠。提携国枠は使ってない。アジアがフリーになったら、日本は指導者や育成についての評価が高いから、うまい選手が集まってくる。ちょっと足が痛いぐらいで休んでいるとあいつが来てポジションを奪われるぞ、という意識がないとほんとうのハングリーとは言えない。ライバルが何十倍にも増える。さまざまな国や民族、出自を持つ選手らがフラットな状態でボールを蹴る。それがサッカーのすばらしさだし、チームの強さにつながると信じています。人間としても成長していけると思っています。ＦＣ琉球は少しでもそうしたチームを目指しています」

現在、新生ＦＣ琉球のフロント陣も在日コリアンと沖縄出身者らで構成されている。

沖縄出身の選手は六名だが、中には米兵と沖縄女性との間に生まれた一〇代の選手も含まれている。

沖縄在住で大阪生まれの作家、仲村清司は沖縄県総合運動公園陸上競技場（当時）で開かれたホームゲームを観戦しながら、チームのあり方と自分のルーツを重ね合わせ、「金鍾成という稀人《まれびと》を沖縄が迎えたことによって、古来、稀人を大切にしてきた風土がＦＣ琉球によみがえった感がある」と言った。

「沖縄は移民した人たちでも〝県系人〟と呼び合うように、同胞意識が強い土地。それゆえ他府県人や他民族が入りにくい土地柄となっているが、人種がるつぼ化しているＦＣ琉球はそういう固定観念を根底から覆したチーム。離島差別もあって県人同士でもまとまりにくいのに、目から鱗というか、意表を突かれた感じがします。在日コリアンというマイノリティがマイノリティを指導するという構図も新鮮で、沖縄のスポーツ界では史上初めてのこと。政治でやれないことがサッカーであっさり実現しているのは革命的な『事態』と言っていい。金鍾成氏の人柄もあるのだろうが、超えることができないと信じ込んでいた国境をやすやすと超えたのは、内地で『在日沖縄人二世』時代を生きた僕には痛快事ですね」（仲村）

この日（二〇一六年六月一九日）に観戦したホームゲームは負けた。Y.S.C.C.横浜との試合は一対〇だった。敗戦の弁を感情を抑えて淡々と記者会見で述べた。

「すみません。ホームで負けてしまいました。得点ができていないということは、たまたまではなく、現状の課題をきちんと認識をしていかなくてはなりません」

ダイバーシティフットボールへの試行

FC琉球は、二〇一六年四月のグルージャ盛岡戦（第五節）に三対二で勝ち、その時点で四勝一敗・勝ち点一二と、J3で首位に立っていた。

沖縄は、地理的にも文化的にも東南アジアや中国などへ目を向けることができる地域である。仲村も触れたように、沖縄は、アジア化や国際化というカラーを出したFC琉球を、元来のチャンプルー（ごちゃ混ぜ）精神で内包してゆくだろう。

沖縄だからこそできる、ダイバーシティフットボールの試行は、沖縄の「誇り」につながっているのだ。

photo　川畑公平

ノンフィクションライターの木村元彦が書いた『オシムの言葉』に、戦争があったから多民族・多文化とともに生きるサッカー哲学が生まれたのかという主旨の木村の質問に対して、オシムが肯定しない場面がある。肯定すると戦争にも一面の理があると認めてしまうことになるからだ。

鍾成は、このオシムの態度をよく引き合いに出す。たとえば「在日コリアンに対する差別があったから、今のようなサッカー哲学や選手としての力量を持つようになったのか」と問われたときに、「イエス」と答えれば差別をどこかで肯定することになってしまわないか。そんな自問自答を今も繰り返す。

そのことを木村元彦に伝えると、こんな答えが返ってきた。

「スポーツの監督は出自に関係なくフラットに選手を見ますが、サッカーはもっともグローバルなチーム競技なので特にそういう面が強い。オシムと鍾成はバックグラウンドは真逆だと思う。オシムはユーゴスラビアという多民族国家で生まれ育ち、戦争状態になる中で特定の民族に肩入れすることを拒否。「自分は何人でもない。サラエボっ子だ」と主張して属性が民族主義者に政治利用されるのを拒んで命がけで非戦を貫いてきた。一方で、鍾成は在日コリアンコミュニティで生まれて、その中で非対称のマイノリティとしてアイデンティティを堅持。朝鮮人であり続けることで抑圧や差別を跳ね返してきた。しかし、二人に通底しているのは、民族というものを否応なく意識せざるを得ない環境と時代に、サッカーに関わってきたことです」

二〇一六年五月、恩納村で元海兵隊員による女性死体遺棄事件が起きた。チームにいる元米兵と沖縄女性のダブルの選手が、報道や沖縄世論に複雑な思いを抱いていることに鍾成は気づき、一対一で話した。

「そういうことに向き合えるのは、彼が在日コリアンだから。マイノリティが背負わされた問題を相対化できる視点を持っている。彼が琉球にいることはチームにとっても選手にとっても幸福なことだと思う」（木村）

沖縄ではヤマトへの反感の空気が年々強まっているようだ。政府が沖縄の「声」を無視し続けるからだ。だが、金鍾成はヤマトで生まれてヤマトから来たけど、日本人ではない。そういう外国人の存在は沖縄では驚くほど認知されていない。

「沖縄で久々に、「いつ（日本に）来たんですか」って子どもからも大人からも聞かれてます。在日コリアンのことを知らないんです」。そう言って彼は笑った。

「自分の存在は、どこにも属さないで浮遊しているところがあるので、逆に客観的に本土と沖縄が見られる。そんなことを沖縄で考えています。当たり前のことですが、監督の役割は、日々の勝ち負けに追われながらも、チームをどこに導くか、選手たちをサッカープレーヤーとしてどう育てていくか。どんな意識を持ってほしいか、人としてどうなってほしいか。常に先を見て、思考し、行動すべきと考えています」

低いトーンで淡々と話すのだが、その口調には独特の相手を説得するような押しの強さがある。

炎天下での練習後、監督自ら、チームのワゴン車に、テーピンググッズなどを詰め込んだ鞄や、ウォータークーラー、練習に使うポール、サッカーボール十数個、ゴミなどを積み込んでいた。チームの予算は限られている。片づけるスタッフがいないときは、監督がやるしかない。それを苦にせず黙々とこなす。

「積み込み方がうまくなりましたよ。たまに選手も手伝ってくれます」

そう苦笑いして、鍾成は運転席に乗り込んだ。

練習グラウンドに潮のにおいがする海風が吹いた。目の前はビーチだ。たまに選手たちは練習が終わると、真っ青な海に飛び込んでいく。

[profile]

1964 ► 東京都生まれ。
1971 ► 東京朝鮮第二初級学校入学。
1980 ► 東京朝鮮中高級学校入学。
1987 ► 朝鮮大学校卒業。
1987 ► 在日朝鮮蹴球団でプレイをスタート。
1989 ～ 92 ► 北朝鮮代表として 1990 年 FIFA ワールドカップ・アジア予選など国際 A マッチ 20 試合に出場、2 得点をあげる。
1990 ► 南北統一大会のために在日コリアン選手として初めて北朝鮮から韓国に入った。
1995 ► ジュビロ磐田入団。
1996 ► コンサドーレ札幌入団。
1998 ► 現役引退し、指導者に転身。
2002 ～ 03 ► セレッソ大阪にコーチとして入団。
2004 ► 東京朝鮮高級学校監督に就任。
2010 ► 朝鮮大学校で監督に就任。
2015 ► J3 の FC 琉球アカデミーディレクター兼ジュニアユース監督を務める。
2016 ► 同トップチームの監督に就任。
2018 ► FC 琉球を J2 に昇格。
2019 ► 鹿児島ユナイテッド FC 監督に就任。

「俺たちにとって本当の楽園とは、今まさに、常に目の前にある。」

バンコクから放った反抗のメッセージ

富田克也

Tomita Katsuya　映画監督

バンコク・チャルンクルン通りにて

チャオプラヤー川はタイの首都バンコクの中心を蛇行するように流れる。その川に沿うように走るチャルンクルン通りは、一五〇年前に馬車を通すためにタイで初めて造られた車道である。

王宮に近く、「チャルンクルン」は「首都の繁栄」を意味するという。歴史的建造物や老舗の食堂などが目に入る往来の激しい通りの筋を分け入ると、屋台、雑貨店、寺院、小規模な生鮮市場などが軒を連ねる。その一角に富田克也《とみたかつや》らが拠点としている瀟洒なアパートがあった。一カ月九千バーツ（日本円で約三万円）だ。窓を開け放っているると、バイクの排気音、クルマのクラクション、鶏の鳴き声等、街の喧騒が耳に飛び込んでくる。

二〇一七年二月、富田が主演、監督、脚本をつとめた『バンコクナイツ』が公開された。バンコクにある日本人専門の歓楽街「タニヤ」の人気店でナンバーワンのタイ人女性「ラック」と、富田演じるオザワとのラブストーリーを軸に、「失われた楽園」を求める男たちの旅を描く。自主映画ゆえに自主配給で全国公開を行うしかないのだが、独立系映画としては異例の、新宿の単館で六週間満員状態が続き、一万二千人を動員。さらに昨年度の第六九回ロカルノ国際映画祭インターナショナルコンペティション部門で若手審査員賞を受賞した。富田は映画を撮り終わった後もタイに足を運び、撮影日記を本にまとめるための原稿を書いたり、次回作の構想を練る生活を続けている。「地元」バンコクでの公開も画策中だ。

「『バンコクナイツ』を一言で言うなら、反抗ですね」

ホテルから近い屋台で、猛烈に辛いタイのイサーン地方の料理を食べて汗をかきながら、富田はビールの酔いも手伝い演説調でまくしたてた。

「旅行のパンフレットに書かれているような〝楽園〟など幻想にすぎない。俺たちにとって本当の楽園とは、今まさに、常に目の前にある。でも、俺たちはそれが目の前にあることも気づけないように、一生、資本主義の消費と労働の中に回収されて、週に一度の休みをとるために働かなければならないようになってる。その休みすらもカネを使う自由しか残されていないんです」

富田の映画作りは従来のそれとは大きく異なる。

監督として前面に出て映画を作るのではなく、映画制作集団「空族《くぞく》」の一員として、仲間とともに意見を出し合いながら作り上げていく。俳優は職業俳優ではない、「素人」の起用が大半だ。毎回同じチームで映画を作り、脚本は相澤虎之助、メインの役柄は富田の幼なじみの鷹野毅や伊藤仁《ひとし》といったメンバーで固めている。

映画の完成までにかける時間も長い。

たとえば『バンコクナイツ』を撮るにあたっては、前作『サウダーヂ』で得た国内外の高評価をバネにさまざまな助成金やクラウドファンディングで資金を集め、それを元手に、二〇一一年から足かけ六年にわたってタイ各地やラオスに通い、徹底的にリサーチを重ねた。出演者をさがし、説得、交渉し、ロケハンをおこなった。

タイ側の出演者も「素人」を起用した。二〇一五年にはタイに一年間住み込んで制作に集中した。相澤は富田を「とにかくエンジンの排気量の大きな人」と大好きなバイクに例えた。

映画作りは仲間たちとの共同〝作戦〟

二〇〇三年のデビュー作『雲の上』を皮切りに、『国道二〇号線』『サウダーヂ』などの映画を撮ってきたが、彼らはその一連の作品を「空族サーガ（物語）」と呼んでいる。なぜなら、すべての作品がスピンアウトしていくようにどこかで繋がっているからだ。それは物語の一部だったり、登場人物だったりする。そこには「映画を見終わったときに、そこからさらに奥があるということを感じてほしい」という富田らの思いが込められている。

「だからあるときからサーガと言いはじめた。自分たちで同じ顔ぶれでやってきたからそうならざるをえないところもある。俺たちは自主映画でやってきたから、それが当たり前になっている」

映画作りを、彼らは「作戦」と呼び、唯一無二の方法で作戦を「仲間」たちと展開してきた。

一九七二年、山梨県大月市で公務員の家庭に長男として生まれた。幼稚園から甲府市内へ移り、公務員宿舎で両親と妹の四人家族で暮らしたが、生活が一変するのは、同じ小学校で鷹野毅と親しくなってからだ。

「毅は家の近くにある八百屋の息子で、最初は一緒に帰ろうということで仲よくなった。小学生のときから不良顔でかっこよかったし、俺たちがランドセルしょってるときにマジソンスクエアバッグをペタンコにして、赤いスイングトップ着て学校来てた。部屋もコカ・コーラのケースでベッドがつくってあって、マンガも『バリバリ伝説』とかあって、うちには『ドラえもん』とかしかないのに。テレビ台は豹柄だし、タバコの空箱が鴨居に並べて置いてあった。それに小学校の帰りに野糞したんですよ。学校の便所でウンコしただけで、あだ名がウンコマンになっちゃう中で、野糞ですよ。〝毅ショック〟で価値観が崩されていったんでしょうね。俺は自分の家には寄りつかなくなって毅の家にばかりいて、家族の一員みたいになってた」

鷹野毅という、小学生ながら「軽々と〝常識〟を超えてくる」存在に対して、富田は衝撃を覚えたのだ。「そこから先はこっちも意地みたいな感じになって。反抗期ですね」。

中学に上がると不良度は増した。近隣の学校に二人で殴り込みをかけるようになり、たばこもシンナーも吸った。同じ高校を受験したが、入試の当日に鷹野は他校の生徒と暴力沙汰を起こし入学できず、けっきょく別の高校に進んだが、そららもまもなく喧嘩で退学になる。

一方で富田が入った高校で出会ったのが、伊藤仁である。伊藤も入学の初っぱなから二年生に呼び出されるほどの不良少年だったが、上級生との喧嘩に真っ先に助太刀を買って出たのが富田だった。それ以来、二人は急速に親しくなるのだが、富田はやはり伊藤にも鷹野に通じる「軽々と〝常識〟を超えてくる」かっこよさを感じた。

富田は高校を失業後、東京で暮らし始め、鷹野とバンドを組み、一時は「音楽で食っていけたら」と夢見たが挫折する。気持ちが落ち込む中、一人で東京に居残り、レンタルビデオ屋で借りた映画を観まくるようになり、ゴダールからフェリーニ、コッポラ、スコセッシ、柳町光男などの作品に耽溺した。

とりわけコッポラの『地獄の黙示録』（一九七九年）には衝撃を受けたという。アルバイト以外は部屋に籠もってビデオを観る生活を続けるうちに、自分も映画を撮りたいという強い動機が芽生えるようになった。

人生初めてのサラリーマン生活も一年ほどだが経験した。

入社したのは、新宿のちいさな映像制作会社。そこでの同僚が日本大学芸術学部の大学院で脚本を学んだ人物だった。「映画は誰だってできる。富田君にもできるよ」。富田の映画を撮りたい気持ちを知った同僚は、学究の徒であったころにまとめたものだろう、小津安二郎や北野武の映画の制作方法について書いたものを手渡してくれた。ついでに希少になりつつあったHi－8ムービーカメラ――富田の仲間が過《あやま》って道路に落とし、クルマに轢《ひ》き潰されてしまうのだが――まで貸してくれた。

そしてその同僚のツテで富田は日芸の映画学科にもぐるようになり、卒業制作を手伝うまで人間関係を深め、のちに「空族」のメンバーとなる仲間も得る。この頃、脚本家の相澤とも出会った。

富田は会社を辞め映画の学校に入学したが、やがて通わなくなり、中退したようなかたちになった。都内でユニットバスの職人として働いたあと、関東圏を走るトラック運転手となった。運転手をやりつつ、二〇〇四年に「空族」を名乗り、本格的に映画に打ち込むようになる。ちなみにトラック運転手は3・11の直後に、震災による原発事故被害について社長が無関心なことに我慢がならず、社長を罵倒して辞めた。

富田はインタビューなどで映画作りのきっかけを聞かれると、「身近な幼なじみや、彼らの生きる背景を撮りたかった気持ちのほうが強い」とこれまで答えてきた。

相澤と脚本を作り上げると、伊藤や鷹野らを俳優に起用し撮影する。その映画が『国道二〇号線』や『サウダーヂ』だが、自らの自伝的要素を重ね合わせた若者たちの先の見えない日常を描いたこれらの作品はコアな映画ファンにも評価が高く、「空族」の名を知らしめることとなった。

『サウダーヂ』は海外でも高い評価を受けた。舞台は、生まれ育った山梨。ご多分に洩れずシャッター商店街が象徴するように空洞化した「一地方」。人は流出し、仕事もなく、若者は将来が見えず、内向きになり荒《すさ》む。外国人労働者へのヘイト。人々の階層化も進行する。そんな鬱屈した生活へ反吐《へど》を吐きかけるようなこの二作は、彼ら自身の物語だった。

「空族」の映画を高く評価し、デビュー作から見続けている社会学者の宮台真司は、『国道二〇号線』を、二〇〇七年に公開された中で最も優れた映画だと評している。その理由をこう語った。

「日本は全国どこでも同じパチンコ屋とサラ金と大型スーパーだけの風景になって既視感すら漂うようになった。どうでもいい場所では、人も何の尊厳も得られないような誰でもいい存在になってしまう。でも、ここではないどこかへ行けば何かがあるかというと、ない。それは日本を覆う深刻な問題なのに誰も映画にできていなかったけれど、それが徹底して描かれていたから」

3・11後に自死を選んだ友の遺志

富田の根底には鷹野、伊藤に対する強烈な「憧れ」が続いている。富田は二人にイノセントを感じたといってもいいかもしれない。幼年期の友への「憧れ」。そんなホモソーシャルな関係の中で富田の映画は生まれてきた。

「ガキのころからずっと一緒だったわけで、本当ならこのまま一生、こいつらと遊んでいたいなと思うじゃないですか。でも家庭や仕事を持つと、オトナのつきあいだけになる。それが悔しかった。みんなで何かやれることはないかと思っていたら、映画というちょうどいいものがあった」

『サウダーヂ』のエグゼクティブ・プロデューサーを務めた笹本貴之は、「それは富田が、毅や仁に圧倒的な〝自由〟を見てしまったからでしょう」と理解している。

鷹野と伊藤に、皆がよく集まるという焼きとり屋で、富田が映画を撮り始めた「動機」を伝えてみると、二人とも特に驚いたふうもない。

伊藤は「え？　俺に憧れてたんですか？　よくわからないけど、ただ運動神経は俺のほうがいいと思ってる」と大笑いした。

鷹野も、「ずっとガキの頃から遊んでる延長みたいなもんですかね。あと、中学ぐらいのときから社会に対して嫌だなとか、なんか生きづらいねと言っていたことが富

photo　山本倫子

田と変わらない。それが映画になる。あ、『バンコクナイツ』のあと、俺は富田に、尊敬してるよって初めて言いました」と豪快に笑った。そして、二人とも「友達は富田ぐらいしかいなかったね」と語った。

　出演者の多くは別の生業を持ち、映画を撮るとなると結集する。プロの役者を雇おうと思えば雇える。それでも富田は限定的にしか使わない。先の宮台が、さも当然のように言った。

「富田さんは仲間じゃないやつと作りたくないんでしょう。膨大な時間をかけてコストを考えないで映画を作るのに損得勘定なんかない。損得を超えるやむにやまれぬ思いは、仲間がいないと絶対に出てこない。彼はそういうやり方をしないではいられないんです。映画って、相澤さんの力もあるけれど、とくに空族の映画にはポリフォニック（多声的）になった共同身体性から培った、仲間意識から出てくるコモンセンス（良識）が出ている。それがないと理解できない様々な決まりごとや枠組みが彼らにはあるんです」

富田がそういった「決まりごと」や「枠組み」を大事にするのは、「空族」の立ち上げメンバーの一人、井川拓の存在も大きいのかもしれない。

井川は京都出身で、慶応大学でペンクラブに所属していた。富田が口芸の映画学科にもぐり込んでいたときに二人は出会った。小説家を目指していた井川は、中学生のときからランボーの詩集を胸ポケットに入れていたような文学青年で、富田は彼からそれまで知らなかった小説や音楽、映画を叩き込まれた。あるとき、井川が書いている小説の構想を話してくれたことがある。

「かつて空を自由に飛び回っていたが、いつしか飛べなくなって人間の世界にもいられず、地下に棲んで側溝の格子から地上を見上げている空族という種族がおってな」

ここから映画制作集団は「空族」と名付けられ、井川はデビュー作『雲の上』の脚本にも携わっている。しかし、もともと慢性的な鬱状態にあった井川は、就職した会社の都合も加わり、だんだんと「空族」の活動から離れていかざるをえなくなる。

が、一方で富田らは『国道二〇号線』や『サウダーヂ』を撮るために突っ走っていく。結局、井川の精神状態は寛解せず、『サウダーヂ』の公開を見ることなく、二〇一一年四月、福島第一原発事故の直後に自死の道を選んだ。志半ばで倒れた「空族」の名付け親の遺志は、社会を見つめる富田の礎になり、井川の提案した「空族」の視座は、富田の世界観そのもののようだ。

一度映画を作った人とは、その後の人生も続いていく

富田は現在、ほぼ一カ月おきに故郷の山梨とバンコクとを往復する。バンコクには、入れ替わりで「空族」のメンバーらが訪れる。彼らはゆったりとした時間が流れる中

で、気が向いたときにタイの地方を歩き回ったり、時にはラオスやカンボジアへも足を延ばし、次の構想を話し合う。

バンコクに滞在中、用事がないときには、『バンコクナイツ』の主演女優スベンジャ・ポンコンの実家の前に屋台を出し、鳥肉や豚肉に串を打ち、炭火で焼いて売っている。まだ儲かるほどまでにはいかないが、今後のポンコンの家族の生活の糧の一つになるかもしれないと富田が考案した。ポンコンが来日したとき、日本の焼き鳥をいたく気に入っていたこともある。

「俺たちといっしょに映画を作った人たちは、その後の人生もつきあいが続いていく。ポンコンとか他の女の子たちが次回作に出てくるという可能性は高い。俺の意識としては、仲間なんです。それはポンコンたちも共有していると思う」

富田はポンコンの実家では「ミー」と呼ばれている。最初は「トミタ」だから「トミー」だったが、子どもたちが「ミー」と呼ぶようになったので、今はポンコンの家族全員がそう呼ぶ。

汗だくになって肉を焼く富田のところに、ポンコンの母親が何度も世話を焼きにきては、「ここがミーの家なんだよ」とやさしい口調で声をかける。

富田は笑顔で母親の目を見てタイ語で何度も感謝をした。ここが現在の富田の「楽園」なのかもしれない。『国道二〇号線』や『サウダーヂ』では主人公は彷徨《さまよ》い続けるが、『バンコクナイツ』の主人公オザワはバンコクで「生き直し」を決意し、地に足を着けた。

[profile]

1972 ► 山梨県大月市に生まれ、幼稚園から甲府市に引っ越す。
1990 ► 東海大学甲府高校を卒業後、東京で幼なじみの廣野毅とともにミュージシャンになるべく活動を始める。
1996 ► 東京・新宿にある映像制作会社に就職するが 1 年足らずで辞める。このころに日本大学芸術学部映画学科へもぐり込み卒業制作を手伝うようになる。
1997 ► 映画技術美学講座（現・映画美学校）を受講。途中で辞める。
1999 ► トラック運転手の仕事を始め、12 年間続ける。
2003 ► 5 年の製作期間をかけた『雲の上』を発表。相澤虎之助が監督した若者群像劇『かたびら街』に出演。
2004 ► 『雲の上』が「映画美学校映画祭」の最優秀スカラシップを受賞。『雲の上』『かたびら街』の自主上映イベント「選べ！失え！行け！」を月 1 回、7 カ月間にわたり敢行。
2007 ► 『国道 20 号線』を監督、発表。のちに『映画芸術』誌上で日本映画ベスト 9 位選出、日本映画界に波紋を呼ぶ。
2008 ► 35 歳で初めての海外へ。相澤らとカンボジアを旅する。
2009 ► リーマン・ショック直後の甲府市カメラを携えてリサーチ開始。
2010 ► 甲府のリサーチ映像を編集し、『サウダーヂ』の長い予告編と題したドキュメンタリー作品『FURUSATO2009』を発表。『サウダーヂ』撮影開始。
2011 ► 『サウダーヂ』を発表。脚本は相澤と富田の共作。ナント三大陸映画祭グランプリ「金の気球賞」受賞。ロカルノ国際映画祭ボッカリーノ賞受賞。国内では高崎映画祭最優秀作品賞、毎日映画コンクール日本映画優秀賞＆監督賞を W 受賞。トラック運転手を辞める。
2012 ► 相澤が監督した『バビロン 2 － THEOZAWA －』に出演。アジアン・オムニバス・ムービー『同じ星の下、それぞれの夜』で「チェンライの娘」を監督。
2017 ► 『バンコクナイツ』を監督、発表。富田と相澤で『バンコクナイツ』の成立過程を記録した『バンコクナイツ　潜行一千里』（河出書房新社）刊行。
2018 ► 『典座―TENZO』（全国曹洞宗青年会製作）が第 72 回カンヌ国際映画祭批評家週間「特別招待部門」に正式出品が決定。

被害者遺族だからこそ

中江美則

Nakae Yoshinori　元受刑者更生支援団体「ルミナ」代表

「僕と出会った以上、お前らには更生してもらわな困る。」

人生が一変した長女の「事故」死

ゆるやかに蛇行する旧街道。両脇に戸建ての家が立ち並ぶ。三〇〇メートル先に小学校があって、通学路になっている。

京都府亀岡市を走る府道四〇二号は、京都から山口へと続く旧山陰道にあたる。南に国道九号が並行して走っており、抜け道としても利用される。

二〇一八年八月。中江《なかえ》美則《よしのり》は道路脇に膝をつき、民家の塀に向かって手を合わせた。容赦ない激しい直射日光を中江が背中で受け止めているようだ。それでも中江は黒いスーツを脱ぐことなく、滝のような汗を流していた。

中江は毎月二三日にこの場所を訪れる。

「この六年間で来られなかったのは、鳥取で講演のあった一回だけです」

二〇一二年四月二三日、中江の長女・幸姫《ゆきひ》（当時二六歳）は登校中の児童に付き添って、最後尾を歩いていた。そこへ後方から軽自動車が突っ込み、跳ね飛ばされた。暴走車は前を歩いていた児童たちを次々に倒しながら民家の塀に衝突、跳ね返るようにして道路の反対側の郵便局の前で動かなくなった。

幸姫と女子児童二人の三人が死亡、七人が重軽傷を負った。幸姫のおなかにいた子も犠牲になった。

「『苦しい、痛い、怖い』と娘は叫んでいたそうです。救助にあたってくれた近所のお母さんは『おなかに赤ちゃんがおることとわかれへんかったから、救急車に乗せるのが子どもが優先になって、幸姫さん最後になってしまった。ごめんなさい』と泣きながら言ってくれた。その言葉には救われました」

中江は膝を折り、塀を見つめたままそう言った。民家の石壁にはクルマが激突した痕が残っている。

事故の原因は無免許の少年による居眠り運転だった。事故を引き起こした日はほとんど睡眠をとらずに三〇時間運転していた。同乗者も一〇代の少年らだった。

事故当時、中江は押し寄せるテレビカメラの前でも激しい怒りを隠さず、「なんで俺の娘がこんなにあっけなく死ぬんや！」「自分は心底人を憎むという人生はないと信じて生きてきたはずでした。でも、今は命も惜しくない、代わってやれる娘を殺されて、復讐しかないのは当然でしょう!」と叫んだ。

当時の新聞報道によれば、京都地検は当初、運転していた少年に、自動車運転過失致死傷より刑の重い、危険運転致死傷罪の適用を視野に入れていた。しかし少年の運転状況が構成要件に合致せず、断念。居眠りによる過失が原因として、自動車運転過失致死傷などの非行事実で、二〇一二年五月に家庭裁判所に送致した。

無免許運転が危険運転行為に当たらないことに納得できない中江ら被害者遺族は、加害者少年らを厳罰に処すように阿修羅のごとく運動を展開した。署名活動を行い、国会議員に働きかけた。

翌月、少年が検察官送致(逆送)されると、中江らは二十一万筆にもおよぶ署名を地検に提出した。しかし地検は自動車運転過失致死傷罪で少年を起訴した。

この「事件」ではほかに少年五人が逮捕された。同乗の一人は無免許運転のほう助罪で執行猶予付き有罪が確定。車の所有者は同教唆罪で罰金二五万円の刑が確定。三人は中等少年院送致などの保護処分となった。

運転していた少年は二〇一三年九月に懲役五年以上九年以下の不定期刑が確定。現在も服役中である。

たつやとマサ、二人の元受刑者との出会い

中江の人生が一変した日から六年が経った。

今年（二〇一八年）四月二三日。中江は、京都市内で開かれた集会で、元受刑者の再犯を防ぐ更生支援団体「ルミナ」の設立を発表した。二人の元受刑者とともに奉仕活動や講演活動を行っていきたいと思いを語った。

「この六年間、仕事の休憩のときも仲間から遠ざかるようになり、食事もひとりぼっちでしかとれんかった僕が、二年前に、ここにいる塀の向こう側に入っていた二人との出会いがあり、僕の心が違う方向に変わりつつあるということが分かってきたんです」

その二人、たつやとマサも、「ルミナ」のメンバーとしてその場にいた。たつやは

覚せい剤取締法違反と窃盗で、マサは窃盗等で服役した経歴を持つ。

現在の日本の制度では、犯罪者や非行少年は刑務所や少年院などを出ると、保護観察官や、保護司や協力雇用主などの民間協力者の支援を得て、社会に復帰していく。加害者が社会に復帰した後、被害者と接点を持つこともまれにあるが、それはあくまで個人と個人の関係だ。一切の交流を拒否する被害者もいる。

中江がやろうとしていることは、そのどれとも違う。

中江は、幸姫の兄である息子の龍生や、長女の奈緒（当時八歳）を亡くした小谷真樹らとともに被害者支援団体「古都の翼」を立ち上げ、加害者少年らの刑法上の処分が決まった後も、無免許運転の厳罰化を求める活動を続けた。その活動は二〇一四年五月施行の自動車運転死傷行為処罰法につながった。

講演などに呼ばれれば、全国どこへでも出かけていって、被害者遺族の苦しみを叫ぶように訴え続けてきた。

犯罪被害者遺族として阿修羅のごとく活動していた中江が、元受刑者、つまり過去になんらかの犯罪に手を染めたことのある者を支援する活動を始めた。周囲は驚きと戸惑いをもって受け止めた。

中江にどのような変化があったのか。二人の元受刑者との出会いとはどのようなものだったのだろうか。


中江は一九六三年に京都府南丹市園部町で生まれた。父は土木現場の親方をしており、中江も小学生のころから仕事を手伝った。二〇代で独立すると、自身も親方として人を雇い、土木工事や建設作業の仕事を請け負ってきた。

肉体労働の現場には、塀の向こう側を経験した者が入れ替わり立ち替わり入ってくる。更生保護施設からの紹介でやってくることが多い。彼らの前科は、大半が覚せい剤取締法違反や窃盗の罪だ。

中江にとって、家族を死に追いやった加害者への感情とは別に、元受刑者とともに働くことは事故前から続く日常であり、避けられないことだった。

「荒くれ者たちと仕事するしか、僕は知りません。僕はそれで娘を育てて、嫁に行かせましたし、この仕事が大好きです。ここから他の仕事はできません」

職場での中江は、事故について自ら話すことはほとんどなかった。

事故から四年ほど経ったころ、職場にたつやが入ってきた。初めて会ったとき、たつやは中江に言った。「あれ？　どこかで会ったことないですか？」。中江は「テレビちゃうか」と答えた。たつやはすぐに思い出した。「娘さんを交通事故で亡くされた人や」

たつやは刑務所のテレビで中江の姿を見ていた。たつやはこう言う。

「恥ずかしい話ですが、当時僕は服役中で、刑務所の雑居房にいました。中江さんのニュースを刑務所で見て「もっと言ってやれ。怒りをぶちまけたらええねん。言ってやれ、言ってやれ」と受刑者みんなで応援していたんです。娘を殺され、おなかの赤ちゃんを殺されたのだからかわいそうすぎると、房の受刑者たちも言ってました」

たつやは、中江が「テレビで見たあの中江さん」だと分かると一生懸命に話しかけた。たつやは、職場での中江の姿をこう語る。

「あるとき、中江さんが「わしな、娘の骨を肌身離さず持っとるんや」と握りしめていた娘さんの骨の入った袋を見せてくれました。僕の解釈ですが、幸姫すまんな、守ってやれなくてすまんな、そばにいて今度はわしが守ってやるからなということだと思いました。（講演等の用事で）仕事を休んでもしょうがないのに、中江さんは大きな体を曲げて（職場の関係者）一人ひとり、すんません、すんません言いながら回っていました。小さくなって……」

もう一人の元受刑者マサも、たまたま中江と同じ職場で働くことになった。会話をするうちに、中江が被害者遺族であることを知った。マサはこう話す。

「中江さんが僕に語ってくれた被害者の苦しみや悲しみは重たかったし、想像をはるかに超えていました。こんなに苦しみや悲しみを背負っているのかと……」

中江はたつやとマサとの出会いについてこう言った。

「この二人と、バカさわぎしながら仕事をやってきました。二人は僕にやさしさを伝えてくれました。僕ばかりに気を使ってくれて、なんか信じてやりたいなと、お返ししてやりたいなと思うようになりました。それまでは加害者に寄り添うことはできないと思ってきましたが、こいつらとやったらなんかできるんちゃうかなと。僕はこいつらに言いました。お前ら、犯罪者から更生したいのやったら自分の罪を心底憎んでほしい。そこから更生の資格がある。僕と出会った以上、お前らには更生してもらわな困る、と」

「ルミナ」立ち上げの日の試練

「ルミナ」立ち上げにあたり、中江は「古都の翼」の代表を退いた。代わって小谷が「古都の翼」の代表になったが、小谷は「ルミナ」には参加していない。

小谷は、「中江さんには直接伝えていることですが」としつつ、こう話す。

「元受刑者と、被害者や被害者遺族、行政や支援者などの第三者、これらが集まって話し合う機会は、公的な被害者支援を厚くしていくために必要だとは思っていました。ただ、僕自身は、『古都の翼』で相談を受けている被害者遺族を支援することで精一杯です。いずれ出所してくる僕の娘を殺した加害者とも、どう向き合っていけばいいのか分からない状態なのですから」

四月二三日の集会で中江が「ルミナ」設立を発表した後、たつやとマサも壇上に上がった。

たつやがマイクを握る。話し方はつたないが、一生懸命さが伝わる。中江との出会いを説明した後、刑務所で見た「生命のメッセージ展」について話し始めた。

同展は、犯罪被害者遺族が中心になり、二〇〇一年に始まった運動だ。事件や事故で命を奪われた被害者の等身大の人型パネルと、靴などの遺品を展示する。全国の刑務所や少年院などのほか、学校や行政施設にも巡回する。

「会場に入ると事件や事故で亡くなられた方の人型があり、被害者の写真、当時履いていた靴……事故ですり切れた小さな子どもの靴もありました。綴られたメッセージには加害者への憎しみだけでなく、「守ってあげられなくてごめんね」とありました。殺された側の人間やのに……。相手を責める言葉ではなく、自分を責め続ける言葉で、天国に行ってねと最後は書いてありました……」

たつやはほとんど涙声になって語り続けた。中江は会場の片隅からじっとその姿を見ていた。

「なんの感情もなく会場を出て行くやつもいます。でも、足を止めて泣く者もいました。メッセージを読み切れずに、刑務官に「もっと読ましてーや」とせがむ者もいました。犯した罪は違っても、あれを見て涙ぐんでいる自分を思うと、今まで投げやりに生きてきたけど、俺にはまだこんな気持ちがあるんや、変われるんや、がんばろうという……そう俺は思いました」

次にマサがマイクを握った。「今日は呼んでいただいてありがとうございます」と挨拶をしてから語り出した。

「僕は少年のころから悪いことをしていまして、教護院や少年院にずっと行っていました。六年間、刑務所も入っていました。僕は受刑生活の中で自分のやってきたことが、分からないというか、（被害を受けた人の）気持ちを考えることができなくて、自分中心で、人を傷つけてもなんとも思わなかったし、そうやって犯罪を繰り返してきたんです」

「生命のメッセージ展」で展示される人型パネルは「メッセンジャー」と呼ばれる。

「犯罪被害者一人ひとりの『メッセンジャー』を見て、自分は人を傷付けてきて――

―命は奪っていませんが――多くの人に苦しみを与えてきたと気付きました。刑務所の中で、更生とは何かを考えました。それは自分が傷付けてきた人がどんなふうに苦しんでいるのかを知ることだと思った。その人の苦しみをまず自分が知らなければ、自分は生き直せないと思ったんです」（マサ）

マサは「受刑者の中には、自分が何をやったかを本当に悔いている人は、少ないかも知れませんが、必ずいる」と言った。

「僕は今まで自分自身の人生に希望を持てなくて、生きていくことが一〇代のころからつらかった。家の事情もありまして。生活も大変だった。僕みたいな人間が、本当に悲しみや苦しみを背負っている方の前に立つのはできないと思いますけれど、これからしっかり更生して、中江さんの活動の手助けをできる人間になりたいです」

二人が話し終えた後、ある参加者が発言した。

――私の親族は、東名高速道路を運転中、後ろを走っていた車にあおられて、走行車線上に停止させられた。そして大型トラックに激突され、二人とも死亡した。ですが、加害者はまるで反省の色を見せていないのです――。そしてマサに泣きながらこう尋ねた。

「(私たちの事件の) 加害者は、あなたのように変わることができるのでしょうか。加害者はいっさい反省していないのです」

二〇一七年六月に発生した東名高速道路夫婦死亡事故の遺族だった。被害者車両は高速道路上であおられ、あろうことか高速道路上で停止をさせられ、クルマからおりさせられた。そして、うしろから走ってきたトラックに激突され、死亡したのである。

会場が静まりかえった。マサはうつむいたまま黙り込み、微動だにしなかった。予想もしなかった質問だろう。明確な答えを出せるはずもない。「ルミナ」のメンバーとして名乗りを上げた初日の試練だった。


「中江さんと出会えたから――」

七月上旬、「ルミナ」のメンバーは設立後初めての「活動」を行った。京都府舞鶴市に住む女性の依頼で、住宅の庭先に手すりを取り付ける仕事だ。女性は下肢に障がいがある。

早朝、中江たちは部材や道具を軽自動車に積み込み、車を走らせた。

昼前に到着。施主の女性に挨拶すると、さっそく作業にとりかかる。たつやが慣れた手つきで単管パイプを切断し、つなぎ合わせて施主の身長に合う高さの手すりを作っていく。「こういう技術は刑務所で習得しました」。たつやが手を動かしながら言う。

「犯罪を犯した者の多くは、自分が変われるということを諦めとるやつが多いんです。開き直っとるやつもおりますが。(変わる)きっかけになる出会いがないんです。僕は中江さんと出会えたから、彼の言葉や思いを直に聞けた。だからまともに生きていこうと思えたんです」

午後四時過ぎ、作業が完了した。施主はできあがった手すりを見て、顔をほころばせた。中江たちは車に作業道具を手早く積み込むと、施主に見送られて現場をあとにした。

このような社会貢献的な活動を少しずつ重ねていく。ともに汗を流して働くことで、かつて罪を犯した者が変わっていく。その行動がわずかずつでも社会に伝わればいい。中江はそう思っている。

「(事故後) 警察不信もあったし、人間不信になる経験もしてきた。でもやさしさをもらったり助けられたりする中で、少しずつ少しずつ、疑いをやさしさに変えることができるような気がしてきたんです」

犯罪被害者遺族という立場だからこそ、元受刑者に伝えられることがある。

「(犯罪防止活動を) このままやり続けてやる、でも自分に何ができるやろうと思ったときに、彼らの力で動き出してた。更生の見本になってほしい、それが犯罪抑止になるやろうと思った。彼ら二人が、僕らの娘を殺したやつをほんまにひどいやつやと言ってくれました。それがほんまの勇気に変わりました。こいつらは僕の気持ちを分かってくれるし、叫んでくれることによって犯罪者を減らすことができると思っています」

迷いは課題はもちろんある。例えば、更生したいと思う者ならば誰でも受け入れる

photo 宗石佳子

のか。中江は「命を奪った元受刑者は到底受け入れられない」と言い切る。

「命を奪ったケースだけは、僕にとって限界超えているんです。仕事を通じて何百人というアウトローと付き合ってきましたが、経験上、そういう者は救いようがないと判断してます。他にも、レイプ犯罪を何度もしていたことを隠しているやつもいたし、僕と一緒に写真におさまることで、それを更生の証《あかし》みたいに利用しようとするやつもおりました。僕の気持ちをほんまに受け止めてくれて、隠し事をしない、こいつとなら一緒にできると思ったやつとしか、『ルミナ』の活動はできません」

小谷は、「中江さんは、そういうリスクを抱えることを覚悟の上の船出だと思う」と言った。

息子の龍生も、父を信頼し、ともに「ルミナ」で活動する一方で、「むやみに人数を増やすことは大変だろうし、父が彼らの全てを面倒をみることは大変だと思います」と心配を隠さない。中江もそれは十分に承知している。

今も中江は事故現場に足を運ぶ。路上に立ち、手を合わせる。中江の今の生き方はここから始まっている。

「近い将来、社会に戻ってくるであろう運転者の加害者だけでなく、クルマを貸した者、同乗していた者など、関わった者すべてに会いたいと思う気持ちがあります。今まで誰一人として謝罪には来ていませんが、罪が重い・軽いとか、運転者がいちばん悪いということではなく、全員が命を奪ったのだということを理解させたい。全員が同じ罪だとぼくは思っていますから。もし、そのときがやってくることがあれば、ぼくが感情をどうコントロールできるか、自分でもわかりません」

そう中江は噛みしめるように言うのだった。

八〇〇人以上の受刑者を前に、語った思い

中江は二〇一九年三月、京都刑務所で八〇〇人以上を相手に講演を行った。京都刑務所は全収容者は約一四〇〇人（二〇一八年四月現在）で、罪名は覚醒剤と窃盗で七〇パーセント近くを占めている。受刑者の入所回数は平均五回で、つまり再犯を重ねて、壁の向こうとこちら側を行ったり来たりしている者が大半なのだ。

それまで中江は刑務所等での講演の話があっても辞退し続けてきた。その理由は——さまざまな犯罪を犯している者たちがいることはわかっている。しかし、中には被害者の命を奪った者もいるだろう。娘と子どもたちを殺した少年たちのように。被害者の命を奪い、遺族の人生をめちゃくちゃにした者たちの前に立つのはどうしても抵抗があった——からだ。

しかし、中江はこの日、更生支援護団体「ルミナ」を立ち上げた代表者としての肩書で講演に立った。それは、娘・幸姫への「罪悪感」を払拭したいという思いだったことを前日に中江の自宅につくられている幸姫の祭壇の前で教えてくれた。

「命のメーセージ展」には、幸姫の「等身大のパネル」や顔写真、履いていた靴もいっしょに「メッセンジャー」として日本各地を巡回していた。むろん各地の刑務所や矯正施設にも。たつややマサはもしかしたら、「幸姫」を刑務所で見ているかもしれないのだ。

「娘だけを刑務所を回らせていることに罪悪感というか、申し訳ないという気持ちがずっとありました。自分が行かないのに、娘だけを行かせているという。自分も行かなくてはならないという思いを引きずってました。その気持ちが変わってきたのは、やはりルミナの活動を始めてからなんです。受刑者が再犯をしないように、犯罪被害者遺族であるぼくの気持ちを伝えてもいいんちゃうかと思うようになっていったんです。新たな犠牲者を生まないためにも」

受刑者の前で中江はまず、そのことについて次のように語った。舞台袖から中江の横顔を見ていると中江の決意が伝わってくるようだった。

「この横にある等身大のパネルは、殺人等により理不尽に生命を奪われた犠牲者の生前の写真とメッセージ文、そして足元に遺品の「靴」がある。メッセンジャーというものです。娘はメッセンジャーとして、『生命のメッセージ展』というもので全国を回ったりしています。もしかしたら、数年前にこの京都刑務所でも、メッセージ展をしているので、娘の想いを聞いてくれている人がこの中にもいるかもしれません。今日は、娘と一緒に講演させてもらいます」

中江は事件について触れ、落ち着いたトーンながらも、

「（娘や自分たち遺族は）何か罰でも与えられたん？　父親の自分を責めて反省してきました。また自分を追い詰めても（理由が）分からへん。反省のやり方が見つからへん。何の警告もなく、卑怯者という汚い津波が背後から、愛する娘・幸姫、孫・愛鈴を踏み潰して、殺してしまいました。自分は心底人を憎むという人生はないと生きて来たはずでした。でもそんな最悪の事実が現実になったんです！」

と語気を強めた。中江は講演で、あらたまった言葉づかいはせず、目の前に者に普段どおり語りかけるように話す。ときどき涙で声を詰まらせながらも、絞り出すように言葉を重ねていく。

一呼吸おいて、「仕事で六年前の自分を知ってるのは息子だけです」と中江は「ル

ミナ」について語りだした。このときからうつむき加減だった聴衆の受刑者たちの顔が上がりだした。八〇〇人以上全員がインフルエンザ予防のために白いマスクをつけているから表情はつかみとりにくいが、全員が中江の言葉を聞き入っていることは目の表情でわかった。

「(娘を)殺されて何もかもが苦し過ぎて、毎日、感情をコントロールするのに必死で、仕事場では、バカを言ったりして自分の感情を押し殺して、生き地獄を味わってきました。仕事に復帰した後も、今から一年くらい前までは生き甲斐と身体で感じていた大切な仕事をしていても、生きてるだけの手段にしか思えんようになりましたし、仲間の皆との輪から遠ざかるようになっていきました。仲間たちにもすまない気持ちでした。しかし、仕事の現場で出会う元犯罪者たちとの出会いが自分を少しずつ変えてくれました」

「自分に何ができるかわかりませんが、(犯罪を犯した者は)被害者遺族の苦しみを知ることで、犯した罪を憎み、二度と犯罪に手を染めないでほしい。再犯者を作らせない活動の取り組みが新しい犠牲者を生まないことにも繋がる。(中略)幸姫を奪った奴が憎すぎるから（この活動を）するんです。司法の甘さで野放しされた悪魔らがどんどん増えたら、犠牲者が生贄にされ続けるんや。更生施設があったとしても再犯率は増えてるんなら、自分は、犠牲者を生まない活動をしたいと思っています」

その日、テレビのニュースで中江の講演を見たたつやから、中江の携帯にメールが届いた。

「今日は、ご苦労様でした。今、ニュースで中江さんが、話してるの見ました。（中略）僕もあっち側の人間でした。例え、ひとにぎりの人間でも、きっと心に響いてる奴はきっといます。（中略）映像ですが、中江さんの、姿、話、講演、見れて、聞けて、良かったです。また、自分に、ブレーキを掛ける気持ちにもなれました。過去に傷を持ってると、も～、そっち（犯罪をして刑務所にいたほうが）が楽かな、どうなってもええわ～って逃げの気持ちがでてきます。今は、よかっても、過去に傷を持ってると気持ちが極限まで、来た時、ブレがでます。今、落ち着いてもこのブレは、一生の僕の課題やと思います。」

中江は、「ありがとうな」と返事をした。

そして、これからは刑務所をいっしょに回って、元受刑者の立場から、受刑者たちに語りかけてほしいとも、たつやへのメールに書き込んだ。

[profile]

1963 ►京都府生まれ

2012 ► 4 月 23 日 京都府亀岡市で当時 18 歳の少年が無免許で車を運転して集団登校の列に突っ込み、娘の松村幸姫（当時 26）を殺害された。幸姫は妊娠をしており、他にも児童２人が死亡、７人がケガをした大事件だった。
事件後、加害者少年の刑法上の処分が決まった後も、無免許運転の厳罰化を求める活動や、被害者遺族として様々な活動を続け、その活動は 2014 年 5 月施行の自動車運転死傷行為処罰法につながる。

2015 ►以降、さまざまな場所で 被害者として「いのちのメッセージ」を伝えることで、交通犯罪の悲惨さを訴え続ける講演活動等をを続けてきた。2019 年 3 月には京都刑務所で 860 名の受刑者に向けての講演をおこなった。

2018 ►犯罪更生保護団体「ルミナ」を立ち上げる。これまで、自身の仕事を通じて出会った、2 人の元受刑者との関わりから、被害者遺族として「一人でも加害者をつくらなければ、犠牲者は生まれない」という思いで、受刑者の再犯を防ぐための更生支援を思い立った。「ルミナ」は、元受刑者の方々が刑務所で身につけた技術を活用して、下肢に障がいのある方の住宅の庭先に手すりを取り付ける作業などに取り組む等している。かつて罪を犯した者が変わっていく。その行動がわずかずつでも社会に伝われば、という思いでの小さな社会貢献活動を重ねている。

抜きがたき〝沖縄〟と向き合う

仲村清司

Nakamura Kiyoshi　作家

「ぼくも小さいころ、小学校のときのあだ名が〝土人〟やったんや。」

地球一周の船旅
129万円
スーパーライトが
長くなって
新登場。
NEW!
100's
BOX
MILD SEVEN
6mg
300円
出入口

「沖縄にハマりすぎた」

深夜、沖縄県那覇市の閑静な住宅街に停車したパトカーの回転する赤色灯の明かりが、闇に沈んだ家々の壁をつたう。

二〇一五年が明けた時期だった。パトカーに乗車してきた二人の若い警察官が、防刃チョッキで身を固めて仲村《なかむら》清司《きよし》の自宅兼仕事場に来ていた。玄関では、仲村の妻が憔悴しきった表情で、倒れ込むようにしてうずくまっている。傍らには仲村の愛猫「向田さん」を抱いた若い警察官が立っていた。

「ご主人が猫を抱いていろとおっしゃるので…」

そう警察官は困惑した顔で言った。当の仲村は奥の和室にいて、腹に絆創膏を貼った状態でつっ立っていた。絆創膏に血が滲んでいる。机の上には数種類の抗鬱薬のシートが無造作に散らばっていて、仲村は軽い興奮状態にあった。夫婦で些細《ささい》なことから口論になり、激昂した仲村が自身の腹に刃物の先を僅かに突き立てたらしい。警察を呼んだのは妻だった。

仲村は四六時中襲ってくる、鬱病による自殺念慮と闘っていて、ときどき自己のハンドリングを見失った。その出来事を仲村はほとんど覚えていない。日々の記憶はまだらで、抜け落ちていたり、順序が逆になったりしている。

睡眠薬を服用しても眠れない。対人恐怖症的な症状や被害妄想的な言動。妻に当たり散らしてしまうこともあった。それはのちに強い抗鬱薬の副作用と思われる症状だとわかるのだが、まるで自分のルーツと向き合ってきた仲村の腹わたから発せられる、うめき声のようでもあった。


一九九六年、仲村は東京から沖縄に移住してきた。

返還運動が行われてきた宜野湾市の在沖米軍基地の一つである普天間飛行場移設の引き金となった、米兵による少女暴行事件の翌年である。当時の妻が、沖縄が好きになりすぎて、いわゆる「沖縄病」にとりつかれたことがきっかけだった。

移住後、それまでは主に企画・編集の仕事をメインにしていたが、沖縄独自の食べ物や文化、風習など、沖縄にとってはごく当たり前の生活を軽いタッチで書くようになった。本はどれも版を重ねた。「沖縄のおばぁ」本はそのきわめつきで、沖縄ブームの仕掛け人の代表格の一人とまで言われるようになった。仲村自身、沖縄の地に死ぬまで住むつもりでペンを走らせていた。

「当時は米軍基地問題とか、青い海、青い空という要素をあえて外した上で沖縄の地生えの文化をポップに表現して、これまで紹介されてこなかった沖縄の魅力をどう書けるのかということがぼくの狙いだったし、それはある程度当たったと思う。当時は、ぼくは内地出身ではあるけれど、沖縄の年輩者から見れば〝良い息子〟を持ったという感じだと思う。だから沖縄の人たちと垣根を越えてコミュニケーションができて、ぼくが書いた本は県内でも県外でも売れたんだと思う」

同時並行で予想外のことも起きた。妻がだんだんと沖縄のユタにすべてを依存するようになってしまったのだ。「沖縄にハマりすぎたんですね」と仲村は笑うが、そういったスピリチュアルなものをいっさい信じない仲村にとっては「まさに地獄のような生活」になっていく。移住から十年ほどが経ったころに離婚。その頃、すでに仲村は鬱病を発症していた。

著作が売れれば売れるほど、仲村への誹謗中傷も聞かれるようになっていった。「沖縄を切り売りしてヤマトへ売ったやつだ」「お前のせいで米軍基地問題などが見えにくくなっている」など、面と向かって言ってくる人も出てきた。インターネットで匿名で誹謗されることも少なくない。

それでも、やがて政治問題にも言及するようになり、二〇一〇年ごろからは「辺野古問題」にも明確な反対論を打ち出して、沖縄県内のメディアだけでなく、東京のメディアにも頻繁に登場してきた。仲村は、いわば沖縄発で内地に沖縄の問題を語る「顔」の一人となっていき、東京の出版社から来る注文もそういう沖縄の「政治問題」の比率が増えるようになった。

だんだんと自傷行為の不安にかられ、自分で警察を呼んだこともある。那覇市内の開放型の精神科病棟にも、医師の勧めや自分の意思で入退院を繰り返し、その個室にパソコンを持ち込んで執筆をした。そんな状態にもかかわらず沖縄にこだわり続けたのは、なぜか。

なぜ差別されてきたのか。それを考えつづけてきた

仲村は大阪の生まれだが、ルーツは沖縄にある。沖縄生まれの父方の祖父が軍隊から除隊後、海外移住を企てていたが、「ソテツ地獄」と呼ばれた飢饉状態に陥っていた沖縄を離れ、生きるために東京に渡った。その後、関東大震災にあい、大阪に移り、身を立てたのである。

祖父が沖縄から来た親戚を紹介するときに、「ハワイから来た」と言ったのを覚えている。当時、沖縄人や在日コリアン、被差別部落民らマイノリティは、日本人社会でさまざまな差別を受けており、出自を隠したのだ。祖父は三線《さんしん》の名手で親戚が集まると沖縄民謡を弾いたが、外に音が漏れないように雨戸を閉めていた。それでも沖縄の音階が仲村の耳に刻まれた。

小学生のときに母親に連れられて映画『あゝひめゆりの塔』を観たことがある。横で母親が泣いていた。「この映画を観たことは誰にも言わないで」。そう釘を刺された。母もまた沖縄の生まれで、「ひめゆり学徒隊」の県立第一高等女学校の出身だった。

そういった家族内の出来事の積みかさねで、「自分がどうやら沖縄出身らしいということがわかってきた」という。

十七歳のときに「故郷を孫に見せたい」と、祖父に連れられて初めて沖縄の地を踏

photo　石川竜一

んだ。むせ返るような亜熱帯の熱気。農連市場の人々の活気が身体に刻まれた。

大学卒業後は東京の日本ジャーナリスト専門学校で学んだあと、編集プロダクションを経営したが、仲村は一貫して早熟な政治青年だった。党派に属したことはなかったが、沖縄の将来を考えるさまざまな社会運動に参加して、沖縄出身の同世代と激しい議論を重ねてきた。他にも三里塚闘争などにも没入、とくに在日コリアンに対する民族差別問題は、自分の被差別体験とだぶった。

仲村が母親の沖縄戦の壮絶な体験を聞いたのは、仲村が沖縄に移り住み、大阪から両親も呼び寄せた直後のことである。平和の礎の前で母親が、亡くなった弟の名前を見つけて泣き崩れたのだ。

「母は日本軍の誘導で南部に向かう途中の西原の壕に避難した。三歳ぐらいの弟をおぶって壕に逃げ込んだらしいのですが、米軍にガス弾を投げ込まれ気を失い、目を覚ましたときには弟は亡くなっていたそうです。自分が弟の上に覆い被さって窒息死させてしまったのではないかと激しい自責の念を抱えて生きてきたと思う」

母は捕虜収容所で家族と生き別れ、一家離散のような状態になった。親戚を頼って関西に十四歳で来ると、やはり沖縄から来ていた仲村の父親と知り合い、結婚した。

「ぼく自身が沖縄にこだわってきたのは、両親が大阪に入植して、差別されるのを避けるために沖縄出身を隠して生きてきたことに原点がある。ぼくも小さいころ、小学校のときのあだ名が〝土人〟やったんや。なんで差別されたんか。それを考え続けてきた」

仲村が小学生の後半期に差しかかると、自分のルーツが沖縄にあることをうすうす気づき始めていたが、「おまえは沖縄やろ」「あいつ土人やで」と言われた。心ない親たちが子どもたちに差別意識を植え込んでいたのだ。

小学六年生のときに読んだ沖縄戦の本が一つの出発点となって、仲村は沖縄に関する本を読みあさるようになった。「自分は差別される筋合いはないんや」と思った。沖縄の地図を描いて、米軍がどこから上陸してきたかを描き込んだ。沖縄についてのあらゆる知識を輸血するがごとく身体に入れてきた。初めて沖縄に行ったとき、飛行機の座席でひたすら沖縄についての本を読みふける孫の姿に祖父は驚いていたという。

移住してから、沖縄人二世として沖縄を対象化して、かつ、沖縄に同一化しなければならないと思ってきた。反対運動が活発化する前から辺野古に通い、反対の論陣を県内・県外で張ってきた。しかし、同時にサブカルチャー的に沖縄を伝えてきた仲村の目には、沖縄内の議論が基地問題だけに傾きすぎているように映っていた。

「ぼくが沖縄に寄り添う気持ちは変わってないし、在沖米軍基地問題は沖縄の声を無視し続ける政府が悪い。しかし他方で、斎場御嶽《せいふぁあうたき》の神域の一部まで駐車場にしてしまうような、神が宿るとされる沖縄の伝統的な風景や自然の無自覚的な破壊や再開発、子どもの三人に一人が貧困状態にあること、それに起因する家族の崩壊や子どもの犯罪や非行、日本一の経済格差の問題もあるじゃないかと」

けれどもそう指摘すると、「ヤマト寄りの目線だ」と批判される。その理屈だけで解決できるのか。それが歯がゆくて仕方がない。ものを書くときに、そのテーマの表も裏もとことんまでこだわり、調べ上げないと気がおさまらない元来の性格も手伝い、仲村の舌鋒を鋭くした。

「ヤマトに反発しながらヤマトに依存する構造は、日本政府が基地の代償として押しつけてくるカネに依拠する歪んだ経済構造そのもの。同時にそれを受け入れてきた沖縄内部の利権の問題を指摘しないわけにいかない。それは沖縄が生きるためだと言われる気持ちもわかるけれど、それだけで思考停止したらだめだろうと」

振興費等のカネと引き換えに島を壊してきた沖縄自身の責任はないのか。復帰後から三十七年間で東京ドーム五〇〇個分の自然海岸が埋め立てで姿を消した。基地の返還地に巨大モールを内地から誘致して、古くからの商店街は絶望的なまでに閑古鳥が鳴いている。沖縄のかつての姿がどんどん消えている現実が横たわる。

沖縄県知事の一人は沖縄へのヘイトを繰り返す内地の作家を呼んで講演会を主催、地元紙の記者をつるし上げた。それに喝采を送る聴衆もいる。反基地を主張する翁長雄志（当時）を知事に戴いてはいるが、それに反対する首長も少なくない。

「沖縄が一枚岩になれないのは仕方がないにしても、この状況で沖縄の将来を若い世代に語ることができるんだろうか。埋めるべき溝は対ヤマトじゃなく、沖縄内部にあると思えて仕方がない。何かと〝沖縄の心〟とか、〝沖縄のアイデンティティ〟と言いたがるが、そんなこと言ってる場合じゃないと思う」

沖縄の出版社の草分け的存在「ボーダーインク」編集長・新城和博は、「一般的な沖縄のイメージと進んでいく現実とは違う。ぼくは沖縄で生きていかなくてはいけないから、そういうギャップを考えるのを二十年前にやめました」とさらっと言って笑うが、相当な葛藤があったことは想像に難くない。しかし一方で仲村とは逆の捉え方をする。

「例えば、戦後の復興の象徴である農連市場が壊されて新しい建物になっても、それをぼくたちが普段の生活の中で使いこなしてシマー（沖縄）化していくことができるんだと思う」と希望を語った。

いま沖縄を離れ、沖縄を想う

仲村は一つの決意をする。逡巡の末、二十年住み続けた沖縄から、学生時代を過ごした京都の大徳寺や今宮神社も徒歩圏内の町に、二〇一一年に再婚した妻と愛猫とともに移り住むことにしたのだ。そこを居宅として沖縄へは通うことになる。

二〇一七年一一月、京都市の地下鉄・北大路駅から徒歩数分の住宅街に仲村と妻の姿があった。

「京都は懐かしい気持ちもあるし、沖縄を離れることは胸が痛い。これでよかったのかなあと思う」。そう首をかしげながらも、かつて朝四時からアルバイトをしてきたパン屋を見つけ、「ここや、ここや。ここで食パンの耳を切ってたんや」

そう仲村ははしゃいだ。通っていた銭湯も見つけたが、数カ月前に廃業していた。

仲村が学生時代に通った京都・二条の老舗居酒屋で、おばんざいをつまみに日本酒を飲んだ。

苦しんできた夫に対して妻は、「そんなに沖縄について考えることが苦しければ、あなたの身体の中から〝沖縄〟を抜いてしまえばいいんじゃないの？　沖縄に住みながら沖縄以外のことを書けばいいんじゃない？」とまで口にした。夫の心身が心配で仕方がないのだから、とうぜんだろう。妻は沖縄の中部地域で生まれ育った。夫たっての希望とはいえ、京都移住は当初は気乗りしなかった。

仲村はしばし黙考してから口を開いた。

「現在は、沖縄に対する構造的差別ではなく、沖縄人への民族差別や沖縄いじめが日本社会で始まっている。いつか沖縄にこだわらなくてもいいときがくるのかなと思っていたけど、よけいにできなくなった。ぼくから〝沖縄〟を抜こうとしても、それはできへんのや」

仲村と組んで沖縄本を多く執筆し、仲村を書き手として世に送り出した存在ともいえる旅行作家の下川裕治も、仲村の沖縄を離れるほどの苦悩については、「彼はルーツは沖縄だけど内地育ちだから、彼が青年のころに、家族や社会運動を通じて自分の中に持っていた沖縄というものを、移住して感性レベルで初めて好きになれたんだと思う。それは素直に受け入れなきゃいけない。（沖縄から離れることは）これはもう誰が悪いというレベルじゃない」と賛意を示した。

仲村が客員教授をつとめる沖縄大学学長で沖縄の自治や政策研究の第一人者の一人である仲地博は、「ともかくも、いまは沖縄が重い」とまで仲村が書いた『消えゆく沖縄』を読み、「引き続き沖縄社会を観察・分析し、叱咤していただきたいものです。土地に定着する者には、なかなかモノが見えていないのですから、仲村さんは必要とされているのです」と手紙を宛てた。この仲地からの手紙に、仲村は救われた思いがしたという。

「沖縄が変わってしまったと嘆くのは、ファンタジーだ、幻想にすぎないという声はもちろんわかっているけど」

仲村は自分に言い聞かせるように前置きしてから、妻に答えを求めるように語り始めた。

「その幻想はいまだに、ぼくにとっては理解できない幻想なんや。でも、今の沖縄でそれを考える営為を続けたくなくなってしまった。心も身体も動かない。その理由を死ぬまでに考えたい……。それにしても何でなんかな。ぼくだけが家族や親族のなかで、鬱を患ってまでも沖縄にこだわってる。少年のときからぼくだけの琴線に沖縄というものが触れてきた。どうしてなんかな」

幸い、いま鬱病は寛解とまではいかないが、かつてほど仲村の中で悪化していない。沖縄は表層だけ見ているると怒られるし、深入りすると火傷する――これは仲村が沖縄の地で得た教訓だが、それほど仲村にとって「沖縄」とは底の見えない深遠な世界なのだ。火傷では済まず、燃え尽きて骨になるまで、大阪で生まれた「オキナワの少年」の懊悩は続くのかも知れない。

[profile]

1958 ►大阪市此花区生まれ。
1881 ►大谷大学文学部哲学科卒業後、東京に出て日本ジャーナリスト専門学校に1年間通う。そこで共に移住することになる妻と知り合う。その後、公務員等を経て編集プロダクション「オフィスなんくる」を東京都渋谷区に設立。
1996 ►那覇市に妻とともに移住。
2000 ►移住生活4年間のドタバタ劇をまとめた『爆笑　沖縄移住計画』を出版。表紙に刷られた肩書は「沖縄フシギ評論家」。
2001 ►『爆笑　沖縄凸凹夫婦』を続けて上梓するが、このときも表紙には「沖縄フシギ評論家」という肩書が刷り込まれていた。『沖縄大衆食堂』に執筆参加。地元ラジオ局の3時間生放送番組のMCを3年にわたってつとめる。
2002 ►『ザ・ウチナーンチュ　沖縄人解体真書』（後、『沖縄学』に改題）刊行、『沖縄ナンクル読本』に執筆参加。
2003 ►4月、沖縄大学人文学部国際コミュニケーション学科の非常勤講師となる。『沖縄の人だけが食べている』刊行。『泡盛「過」飲読本』に執筆参加。
2004 ►「くーすBARカラカラ」をオープン、『沖縄おばぁに会える店』（下川裕治との共著）刊行。
2005 ►『沖縄チャンプラ亭』を刊行。
2007 ►『沖縄うまいもん図鑑』を刊行。
2008 ►ご当地ヒーロー番組「琉神マブヤー」の起ち上げに参加。
2010 ►『ほんとうは怖い沖縄』を刊行。
2011 ►『新書　沖縄読本』（下川裕治との共著）、『本音で語る沖縄史』を刊行。沖縄タイムスに「オキナワ万華鏡」連載開始（～2014）。JTA機内誌「コーラルウェイ」に「数字で読むオキナワ」連載開始（～2016）。沖縄出身の女性と再婚。
2012 ►『本音の沖縄問題』、『沖縄県謎解き散歩』（下川裕治との共著）を刊行。
2013 ►『島猫と歩く那覇スージぐゎー』刊行。
2014 ►4月、沖縄大学客員教授になる。『これが沖縄の生きる道』（宮台真司との対談）、『沖縄のハ・テ・ナ!?』（共著）を刊行。
2015 ►『猫力』（コミックエッセイ版）を刊行。
2016 ►『沖縄　オトナの社会見学R18』（藤井誠二と普久原朝充との共著）、『消えゆく沖縄』を刊行。
2017 ►『肉の王国　沖縄で愉しむ肉グルメ』（藤井誠二と普久原朝充との共著）を刊行。琉球新報に「マブイロードを歩く」連載。
2018 ►映画「Nyaha！（ニャハ）」の脚本を担当。

「ずっと一カ所に座っているのが苦手なんです」

越境する社会学者

岸 政彦

Kishi Masahiko　社会学者

芥川賞候補になった社会学者

沖縄には「ナイチャー」や「ヤマトンチュ」という言葉がある。一般的には沖縄出身以外の人という意味だ。沖縄に移住してきたナイチャーのことを「シマナイチャー」と言うこともある。「ウチナーンチュ」は主に沖縄出身者のことを指す。こうした地域を分けて表現する言葉が、今も日常的に使われるのは沖縄だけだろう。

なぜ、その言葉が存在するのだろう。岸政彦《きしまさひこ》は、この言葉が存在する意味をずっと考え続けてきた。ナイチャーである自分と、あるいはナイチャーとウチナーンチュとの間に「境界線」のようなものがあるからだろうか。あるのか、ないのか。見えるのか、見えないのか、見ようとしていないのか。

二〇一七年に芥川賞の候補となった『ビニール傘』の著者として、その名を知った人も多いかもしれないが、岸は主に沖縄を研究する社会学者だ。市井の人々の「語り」を地道に拾い集める「生活史」を研究方法とし、戦後の沖縄の社会構造やアイデンティティーの変化について調査をする。

二〇一三年に復帰前の沖縄から「本土就職」した労働者の語りを記録した『同化と他者化』を出版、誰も目をつけなかったテーマを掘り下げ、沖縄を語る上で新しい視点を提示、話題になった。マイノリティの人たちに話を聞き、その調査の過程でこぼれおちた風景や人について記したエッセー『断片的なものの社会学』や、社会学の専門的な理論書『マンゴーと手榴弾』を始め、関わった教科書や対談本なども版を重ねている。

ここ数年、岸の書くものに注目が集まる。岸は発信できる多くのメディアや、アカデミシャンとしての知名度を手に入れた。こんこんとあふれ出すように綴られる言葉や思想は、幅広い層の読者から共感を得たことになる。「物書き」としては遅咲きかもしれないが、この五年間ですべてが変わったのだ。

岸は大阪市内の自宅で一九九八年に結婚した齋藤直子（大阪市立大学人権問題研究センター特任准教授）と、愛猫「おはぎ」と「三人家族」で暮らしている。二〇一七年の年末に「きなこ」が亡くなるまで、「四人家族」でほぼ二十年間を共にしてきた。

リビングの大きな八人用のテーブルで文章を書き、本を読み、思索し、食事も摂る。

齋藤も同じテーブルで仕事をする。二人は夫婦でもあり、仕事上のパートナーでもある。「だいたい、書き終わった直後に、携帯のショートメッセージかメールで原稿を送ってきます。新聞や雑誌など締め切りのある原稿の場合、私もすぐに目をとおして、「いいんちゃう」、「ここは、誤解を受けそう」といった簡単なコメントをします。長い原稿の場合、もう少しゆっくり読んで、コメントします。反対に、私も書けたら、まず最初に見てもらってます」（齋藤）

大学院受験に失敗、肉体労働の世界に

一九六七年に愛知県名古屋市内で、町工場を営む家に生まれた。下町の工業地域で、運河沿いに町工場が立ち並んでいた。大小の工場が密集する街で、工場の煙突から煙があがり、トラックやフォークリフトが行き来していた。鉄を叩く鈍い音がいつも聞こえていた。

「家には犬や猫、インコ、鶏などがいて、僕の話し相手がその動物たちだった。小学

校に入ったときにミニチュアシュナウザーの子犬がきて、いっしょに大きくなって、関西大学に入ったぐらいのときに彼女（犬）が死ぬんです。子どもの頃の実家の記憶って、ほとんど犬しかないんです」

家族についてはほとんど語ってこなかった。

「とにかく仲が悪くて、家の中は殺伐としていた。ちいさいことで怒鳴り合いをしてました。けんかばっかり。だから大学で家を出るときになんの未練もなかった。ずっとはやく家を出ることだけを考え、名古屋の大学は受験しなかったですから」

幼稚園にはほとんど行っていない。お遊戯みたいなことをやらされるのが嫌だったからだ。ただ、家には百科事典や世界子ども文学全集をはじめ、本がたくさんあった。その本を読んで過ごした。だから小学校に入るときには、ほとんどの漢字を読むことができていたものの、その小学校でも、みんなと同じ行動をすることができなかった。

夜中に犬を散歩させた。汚い運河の向こう側にマンションが立っていて、部屋の灯がちらちら水面に映っていたのを今もよく覚えている。水面でゆらゆら揺れる灯を見ながら、あの住人たちはどんな暮らしをしてるんだろうと空想した。

　小学生のときから暇さえあれば何がしかの文章を書いていた。遠足に出かけ、家を出て学校に着いてバスに乗るまでに四〇〇字詰原稿用紙で五〇枚も書いたことがある。教師には半ば呆れられ、「終わらないからもういい」と言われた。

　中学校のときに憧れて読んでいたのは、『ポンプ』という、音楽雑誌『ロッキング・オン』副編集長がつくっていた、表紙からグラビアまで読者の投稿でつくられていた雑誌だ。人々の声がざわめいている感じが好きだったからだ。

　高校は私立東海高校という進学校に合格したが、ロックのコピーバンドを組み、ライブハウスにも出演するほどのめりこみ、遊び歩いた。それゆえ成績は最下位クラスだったが、卒業の翌年、大阪の関西大学に進学した。

「受験で大阪に出会うんです。こんなにおもしろいところがあるのかと思いました。もともと、野坂昭如とか小松左京とか筒井康隆とか、関西系の作家が好きだった。彼らのエッセーにも大阪の地名が出てきて、堂山とか道頓堀とか中之島とか、ここかーっというかんじで楽しかった。東京に背を向けて、俺だけが発見した俺だけの街みたいな気持ちになった」

その頃からジャズに傾倒していく。天王寺にホテルを取って、受験そっちのけでミナミのジャズクラブなどを飲み歩いた。大学ではジャズ研究会をつくり、二年生のときからミナミやキタのクラブでウッドベースを弾いた。大学の四年間、ジャズを通して夜の大阪にどっぷりつかった。バーテンもやった。当時のメンバーとは今もライブを続けている。

大学に入る前から、ミュージシャンか社会学者になると決めていた。「ジャズでメシは食えたが才能はないと思い」、京都大学の大学院を受けたが落ちた。すると一転、岸は飯場に自転車で通い、建築や土木現場、遺跡発掘、街路樹の剪定などの肉体労働の世界に身を投じる。朝は五時に起床して肉体を酷使して、夜中に大学院の受験勉強をした。英語でギデンズ、ドイツ語でハーバーマスを読んで翻訳した。

「何不自由なく育って、世の中はバブルだったし、インドアのインテリみたいな感じだったから、日雇いの建築労働者をやってみないといけないと思った。自分をそうい

う厳しいところに追い込みたかった」

実証的なフィールドワークをおこなう社会学者は未知の他者と話すことで相手の「語り」を記録して調査をし、さまざまな角度から考察や分析を加える。けれども、岸は子どもの頃から知らない人と話すのが大の苦手だった。「せめて参与観察（社会学調査の方法。調査者自身が調査対象と生活を共にして観察する）で、バイトとして身体ごと入っていけばなんとかなるんじゃないか」と腹を括った。

「それができなければ、俺はダメだと思った。筋肉が付いて体重は一・五倍にデカくなったけど、論文がすごく評価されて自信もついた」

評価されたのは、その経験をもとにまとめあげた「建築労働者になる」という論文だ。社会学のもっともメジャーな学術誌の一つに掲載され、高い評価を得る。

重度の「沖縄病」にかかる

岸が大阪市立大学の博士課程に入ったとき、初めて本格的な「調査」をやろうと思い立つ。「建築労働者になる」の延長線のつもりだったが、おりしも岸は重度の「沖縄病」にかかっていた。

「それまではまったく興味なかったけど、那覇空港に降りた瞬間に一発でハマった。米軍基地とか沖縄戦のことも何も知らずに行ったんですが、こんないいところがあったんだと。海でシュノーケリングやって、いま思えば死滅してるサンゴだったけど、イソギンチャクとクマノミみたいなのがいっぱいいて、びっくりした。二泊三日の旅行で、むちゃくちゃ沖縄が好きになってしまった」

それから沖縄のことを猛然と学びだした。沖縄戦から米軍基地問題、沖縄の歴史を学んでいくうちに、沖縄の「普通の人の生活史」を聞きたいと思い始めた。『同化と他者化』のベースになった博士論文を書き上げるための調査はここから始まるのだが、調査方法などで葛藤し、五年の時間を要することになる。その後出版するまでに何度も書き直し、さらに十年の月日が経過した。

声は大きい。関西弁を速射砲のように繰り出すから、押しが強い。大柄な体躯。自らも「気性が荒い」と認め、岸を知る人は兄貴肌の気質だと口を揃える。しかし、「社会学の中では現場系と言われているけど」（岸）、先にも記述したように、現場に飛び込んでいくような調査や取材が大の苦手な、神経質で極端な人見知りの性格でもある。

「もともと中学・高校のときにスタッズ・ターケルとか本多勝一とか鎌田慧みたいな、現場にぐいぐいと入って、知らない人にもどんどん声をかけていくジャーナリストタイプの書き手が好きで読んでいたんだけど、それがぼくにはどうしても性格的にできない」

だから、たとえば沖縄戦の聞き取りは地元の老人クラブを介して慎重におこなう。二、三時間かけて、一人の人からじっくり話を聞く。それは社会学の調査としてはオーソドックスな方法なのだが、それでも聞き取り調査の準備段階では緊張し眠れなくなる。精神に過度の負荷がかかる。

いま、岸がもっとも評価し、共同で調査をしている研究仲間のひとりが、打越正行という社会学者だ（のちに『ヤンキーと地元　解体屋、風俗経営者、ヤミ業者になった沖縄の若者たち』を刊行)。広島出身、年齢は一回りほど下で、いまは沖縄に住み、沖縄国際大学南島文化研究所に勤めている。三〇歳で沖縄の暴走族にいきなり飛び込み、「パシリ」として仲間にいれてもらい、共に建築現場で働くという型破りな調査をおこなってきた。

photo MIKIKO

「打越みたいなやつに憧れる気持ちがある。こいつすげえなって」と岸は大笑いした。

打越は岸についてこう言った。

「岸さんの『同化と他者化』で、ナイチャーでもちゃんと調査していけば(沖縄の研究を)できるんだと先頭切ってやってくれたんです。きちんとした調査をやることで、社会学の理論としても新しさを展開できるし、沖縄のためになると示してくれた。特攻隊長ですよ」

打越の言う「きちんとした調査」というのは、対象に真摯に向き合うのは当然ながら、相手の「語り」を調査する側の型にはめないで受け止めることだろう。そして、ストイックなほどに常に自分の立場性と向かい合う営為をやめないこと。岸はかつて自身に「沖縄を好きになることを禁じる」と決めたほどだった。

岸がまだ日雇いで働いていたとき、ある現場に沖縄の青年がいた。当時、頭の中には沖縄しかなかった。「あ、沖縄なの？　すごいね。いいとこだよね」と言うと、その青年は黙った。

「好きになってしまうという差別があるんです。なんか事情があって大阪に来て働いていたのかもしれないのに、沖縄のことを教えてよって言って、その青年を傷つけたと思う。逆に、沖縄はかわいそうでなんとかしなきゃと言うナイチャーで左翼のおっさんの上から目線のウザさも感じていたから、どちらにしても結局、沖縄好きって言ったらあかんのとちゃうかなと思った」

結局、その自問自答から抜け出すのに十年を要したという。『裸足で逃げる　沖縄の夜の街の少女たち』の著者で、琉球大学教授の上間陽子は、「私にはわからんなあ」と笑いながらも、「でも、好きなのを止めようとするのも岸さんらしい。自分へのジャッジメントだから、ほんとうはつらかったはず」と真顔になった。米軍のヘリの爆音が、上間の言葉を何度もかき消した。

ノスタルジックな沖縄を求める植民地主義視線

岸は昨年五月に出版した『はじめての沖縄』に次のように書いた。

「ウチナンチュとナイチャーという区別は、理由があり、根拠があり、必然性がある。なぜかというと、それは、沖縄の人々が内地を区別しているのではなく、沖縄という地域が、日本という国の中で、区別されているからである。あるいは「差別」と言ってもよい。」

そして、沖縄の「多様な諸個人の、多様な語りの配置があらわしているのは、日本と沖縄とのあいだにあるある種の壁が、非対称性が、境界線が存在しているという、単純な事実である。」とも書いた。

難解な言い回しかもしれない。が、この言葉を突きつけられているのは、ナイチャー、つまり「内地」の側にいる私であり、あなたなのだ。たとえば「青い海、青い空、やさしい人々、のんびりとした時間の流れ、そして米軍基地問題と闘うたくましい人々」といったありきたりな沖縄の語られ方に、思考を停止したように慣れきってしまった私たちの意識への、岸の宣戦布告のようだ。

いまは琉球新報社に勤務する波平雄太は、かつて琉球大学で社会学を学んでいた当時、ひとまわり年長の岸と知り合った。波平に岸の「論」について聞くと、しばらく黙考してから、「ぼくはほとんど意識したことないですけど、複雑でややこしいですね。けれど二十年以上考え続けてきた岸さんにはありがたいというか、助かるなあという感じですね」と静かな口調で「境界線」について口にした。

岸の連載コラムを担当する『琉球新報』文化部の新垣梨沙は、岸に連載を依頼した理由を、「人々が分断させられている状況は沖縄にたくさんある。そういう沖縄も沖縄なんだよ、とアタマから否定しないところがやさしいなあと思った。自分は外部の人間だからと、沖縄との距離の取り方や境界線を尊重しているけど、それは無責任じゃなくて、静かに沖縄が置かれた状況への怒りのメッセージをこめていると思う」と話した。

岸は、「内地」の沖縄の味方をし、沖縄を「理解」してきたつもりになり、単眼的な「沖縄観」を疑うことがなかった人々へも、ときにけんかを売るように違和感をあらわにする。

「沖縄にハマった人って、たとえば古民家を壊してマンションにするのは観光資源をつぶして愚かだって言ったりする。でも赤瓦の古民家って住みづらいんです。そこには家事労働する側に対して、ジェンダーの問題を批判的に見る視点がない。沖縄好きな左翼のインテリにありがちな、ノスタルジックな沖縄を求める考え方や語り方が、植民地主義的な上から視点になってしまっていることに気づいていないと思う」

岸の言葉が世に広く受け入れられた要因は、手垢のついたような「沖縄」の「語られ方」に、少なくないウチナンチュやナイチャーも違和感を覚えていたからなのではないか。そして沖縄について書かれた社会学の論文も、政治に偏りすぎているなどの理由で、社会に認知されにくかったという反動もあったからではないか。

実証的な社会学調査を愚直なまでに実践しつつも、それを専門家のサークルだけではなく、読み物として社会に押し出した。類いまれな観察眼で社会の風景を切り取り、社会学の幅広さやおもしろさを伝えてきた。評論家的な昨今の一部の社会学者のふるまいも批判してきた。が、岸は「今まで書いてきたのはすべて『同化と他者化』のスピンオフ」だと冷めた目で自分を見ている。ただ小説だけは、大阪に住んでからたまった経験を書いた。それも「そろそろ飽きられて近いうちに賞味期限がくると思う」と冗談めく。

この五年間、膨大な言葉を世に放ってきた超多忙な日常と心労も重なったのだろう、体調の不良を覚え、人生で初めて鬱と医師に診断された。

夜半、岸と那覇の路地裏で酒を飲んでいると、「ちょっと散歩してきますわ」と言って、風のようにいなくなり、何事もなかったかのように次の店に戻ってくるということがあった。次の店でも岸はふと消えて、また、次の店にひょっこり現れた。岸をよく知る人たちからも、おそらく野良犬のように夜道をほっつき歩いているであろう岸の姿を聞いていた。岸さんらしい。皆が口を揃えた。ずっと一カ所に座っているのが苦手なんですよ――そう岸は苦笑いした。

[profile]

1967 ► 愛知県名古屋市生まれ。
1986 ► 私立東海高校卒業。
1987 ► 4月、関西大学社会学部入学。
1993 ► 4月、関西大学大学院社会学研究科産業社会学専攻前期博士課程入学。
1994 ► 論文「規則と行為－エスノメソドロジー批判の新しい視点」が10月10日「ソシオロゴス」No.18（149-167ページ）に掲載。ソシオロゴス編集委員会に加わる。このころ、はじめて沖縄に行く。
1996 ► 論文「建築労働者になる——正統的周辺参加とラベリング」が「ソシオロジ」41巻2号（127号）に掲載。
1997 ► 4月、大阪市立大学大学院文学研究科社会学専攻後期博士課程入学。
2002 ► 3月、同課程で所定の単位取得退学。
2003 ► 3月、博士（文学、大阪市立大学第4337号）の学位を取得。
2006 ► 龍谷大学社会学部専任講師。
2013 ► 『同化と他者化——戦後沖縄の本土就職者たち』出版。
2014 ► 『街の人生』出版。
2015 ► 『断片的なものの社会学』出版。
2016 ► 4月、龍谷大学社会学部教授。『愛と欲望の雑談』（雨宮まみとの対談）、『質的社会調査の方法——他者の合理性の理解社会学』（石岡丈昇と丸山里美との共著）出版。
2017 ► 初の小説『ビニール傘』が芥川賞・三島賞の候補となる。4月、立命館大学大学院先端総合学術研究科教授。
2018 ► 『はじめての沖縄』、『マンゴーと手榴弾——生活史の理論』、『社会学どこから来てどこへ行くのか』（北田暁大、筒井淳也、稲葉振一郎との共著）出版。小説「図書室」が「新潮」（12月号）に掲載。

〝人間を書く〟ということ
フィクションとノンフィクションの境界を超えて

対話

●作家
ドリアン助川
×
藤井誠二
●ノンフィクションライター

撮影・齋藤大輔、提供・DANRO

ノンフィクションでもフィクションでも、取材者や書き手が相手の人物を「編集」している【藤井】

藤井　助川さんと初めてきちんとお話をさせていただいたのは、たぶん二十年ぐらい前の「朝まで生テレビ」で、ぼくと助川さんの間にはたしか故・飯島愛さんが座っておられましたね。高校の二つ上の先輩だということは知っていたのですが。それ以降、たまにお目にかかって酒を浴びるように呑んだり（笑）。著作は拝読してきて、最新作の『新宿の猫』も読みました。

助川　うん。面白かった？

藤井　主人公の女性の存在感や言葉がせつなくて。あれはいわば助川さんの自伝ですよね。新宿ゴールデン街に入り浸っていた時代のノンフィクションかと思いました。

助川　あまりにノンフィクション過ぎてというか、登場人物がみんな実在の人間なので、最後に「フィクションです」と書かないと出せなかった。ずっと女装しているザクロさんなんかは完全にモデルがいます。書きながら、いやこれヤバイなと思い始めて、じゃあ植物の名前を変えちゃえばいいんだって、それでザクロにしたんです。本が出てから、あの人にはまだ伝わってないよねってゴールデン街で飲みながら話してたら、いやこのあいだ女装して『新宿の猫』を読んでたよって（笑）。

藤井　ノンフィクションで、書かせてもらった方や取材にお世話になった人に書いた記事や作品を読んでもらうのは、ぼくにとってすごく緊張する時なんです。事実関係が間違っていないかとか、その方の言葉のニュアンスをうまく伝えられているかとか。人物を描く時は、ノンフィクションであれ小説であれ、取材した人たちを書き手が「作品」化してしまうので、そこを含みおいて読んでもらっているといいのですが、取材された側って、書き手に対して「ああ、こう見ていたんだ。こう思っていたんだ」と当然気づくわけで、人物を描く時って、互いの関係性がそこに凝縮される。取材される側と取材する側という二分法ではあらわせない何かが出ると思うんです。

助川　例えば主人公の夢ちゃんにしても、実際にそういう育ちをした子がいるわけです。その何人かを、小説では一人にしてる。特定の人物ではないんだけど、僕が知ってる歯を食いしばって生きてきた女性、実際にああやって猫たちの絵を描いていた女性、そういう人たちが融合して一人の女性になってくる。そういう意味では、フィクションはフィクションなのですが、本当に出会った人たちを組み合わせて一人の人物が出来上がっている。多分そういう人に会ったら惚れちゃうようなっていうのがあって。

藤井　本書に収めた短編の人物ノンフィクションも、ぼくが相手から影響を受けて、ぼくの中でぼくなりの「人物像」ができあがっているわけで、助川さんの若い時期の精神形成に影響を与えた人々が、助川さんの中で一つの人物像として結実しているわけですよね。そういう意味ではノンフィクションでもフィクションでも、取材者や書き手が相手の人物を「編集」しているわけです。相手の人生と自分がきり結んだ短い時間から「断片」をひろい集めて、一つの「肖像」に描きこんでいく。とくに、取材者や書き手の人生のどこかと、相手の人生のどこかがすごく重なる時や、相手の人生を聞いているうちに、自分ではあまり意識してなかった自分の人生の「ある時」とか、隠すようにして抱えてきたものが刺激を受けることもありますものね。

助川　俺ね、いつか色弱で就職試験から排除されたことを書かなきゃいけないなと思ってたんですよ。自分のうらみ、つらみということではなくて、ここ二十年くらいやらなくなっていた色覚異常検査が最近また復活して、いま半数以上の学校でやってるんですよ。

藤井　そうなんですか。

助川　なぜかというと、やっぱり就職試験の時にショックを受けるといけないので、最初からわかっていてもらいたいという……。

世間から見たらハンディだと思われることも、ひっくり返せば長所になることがある。【助川】

藤井　それってホント知られてないことですよね。

助川　結局、排除されている状況は変わってないんです。日本人男性の二〇人に一人が色弱ですから、そうした人たちがただ我慢してるだけではよくないかと言って、レジスタンス的な小説にする気は毛頭なかった。ただ現在の日本社会で三〇〇万人ぐらいの人が、実はこういう排除をされているということを知ってもらいたかった。そういう大テーマがあったんです。「世間から見たらハンディだと思われることも、ひっくり返せば長所になることがある」と言ったのは僕の父親なんですが、それをどこかに一行書きたかった。それと、実際に猫の絵が飾ってある飲み屋によく行くものですから、その二つを紹介したくて、ああいう自伝的なものになっちゃったんです。文学的な深みと言うよりは、自分がこんな体験をしてきましたということを、フィクションであれさらすことによって、後に続く人たちが、「そうか、裏返せばこれは一つの個性なんだ」と思って生きていってくれればいいなと、そんな思いがあって書いたものだったんです。

藤井　『新宿の猫』の主人公の女性がすごく強烈な印象を残しますが、先ほど、「会ったら惚れちゃう」みたいなことをおっしゃったでしょう。フィクションっていう形ですけど、やっぱり自分が好きな女性の集合体なわけですよね。

助川　そう。惹かれる女性の集合体。

藤井　ノンフィクションの場合は、その人自身に取材したり、インタビューしたり、その人をよく知る人々に「あてて」、多角的にその人を観察していく手法をとります。この本の中核となっている週刊誌『ＡＥＲＡ《アエラ》』に掲載したルポ「現代の肖像」はとくにそういうやり方をします。けっこうたいへんなのですが、ぼくは『ＡＥＲＡ』で多くのことを学ばさせていただきました。助川さんの場合は、記憶の中でつなぎ合わせていく感じですか。

助川　取材することももちろんありますよ。『新宿の猫』だと、施設で育つということはどういうことなのか。なぜ食べる時に隠すような癖がついてしまうのか。そういうことはもちろん、どういう食事だったかとか、そもそもどうして親と縁がなくなったのかとか、そういったことも聞きます。で、それを「書いていていい？」と尋ねると、「私だってわかんないようにしてくれれば書いていいですよ」って言われたり。

藤井　そういう生い立ちを持った人がゴールデン街にいたということですね。

助川　非常に知的な子です。でも、ネットのブックレヴューを見ると、ぼろくそ書いてるのもある。こんな育ちをした女性がこんな知的なはずがない、リアリティがないと書いているんだけど、それはまったく逆。知的かどうかっていうのは、育ちとは一切関係ないことです。だから、いまだにそんなものの見方をして、人を鋳型にはめるようなことを平気で書く人がいるんだなと思わされた。

藤井　この人、こういう人を描きたいって思う時は、記憶と同時に、「こういう人が存在してほしい」という思いがあるわけじゃないですか。その人を描くことによって伝えたいものがある。「夢さん」という主人公が出来上がるまでには、取材してディテールを足していくこととは別に、最初から「こういう女性像にしたい」というのがあるわけですよね。

助川　藤井さんはルポルタージュの書き手だから、はっきり目の前に書く相手の顔があるし、推定にすぎないにしろ、その人の性格もわかってる。きっと、こういうことを言う人だろうと。

藤井　準備段階で得られるだけの情報は得ていきますから、ある程度はイメージをかためてはいきます。ですが、お会いしてみるとそのイメージがいい意味で裏切られることも少なくないです。それがおもしろい。想定外の事実が立ち現れることによって、こちらもシフトチェンジする必要がありますから、それが楽しい。また苦悩するところでもありますが。

助川　小説は実在しない人物を書くんですけど、でも実際は頭の中に存在しているんです。ところが集中力がない時って、往々にしてその日の気分でその人物を書いたりする。一日で小説が書けるならいいんだけど、短くても何カ月かかかりますよね。そうすると自分の場合は、始まりの時に、ある程度、生き生きとした人物が頭に浮かんでいないと書けないんです。だから、その人の名前、顔立ちや仕草、どこで何月何日に生まれて、どんな環境で育ってきたのか。冗談は言うのか言わないのか。酒はどんな飲み方するのか。ある程度のメモを作って、そこで人物が浮かんできた時にようやく書き出せる。よく小説家は最初の一行が書ければ、あとは……、なんて言うけど、たぶんその人は事前にそうした作業を済ませちゃってるんだと思います。だから、ゼロから作り上げた人物じゃなくて、常になんらかのモデルが存在するんです。

藤井　僕の場合はノンフィクションですから、ある種の枠というか縛り、手かせ足かせがあります。自分が「こういう人だろうな」と思っていたのがどんどん外れていく場合もあるし、世間でこうだと言われているイメージとは差異が大きい場合もあります。でも、そこから自分で勝手に人間像を膨らませていくことは、手かせ足かせがあってできない部分があるんです。ただ、何度も会って、いろいろ質問の仕方を変えてみたり、相手の思い入れのある場所に行ってみたりすると、違う答えが聞けたりする。質問や場所を変えることによって、以前の答えとのズレや差異を探す感じはいつもあります。どちらの言葉がその人の本当の気持ちなんだろうって。ですから、そういう発言を一つのカギカッコにまとめる時は、ある意味でフィクショナルな感じになるということです。

一方で、いろいろなシチュエーションで話を聞いていると、「自分（取材者）だけのその人」を見つけたって思える場面がごくたまにあって、鳥肌が立つほどうれしい。人物ルポにはそういうところがあります。例えば、今みたいに助川さんと事務所で一対一で会ってるよりも、一緒に散歩したりとか、お酒を飲みに行ったりした時に相手を観察していると、ふっとそういう場面があります。それを見逃さない必要がありますが、おおげさに言ってしまうと、相手はいつも「変化」して「流動」しているわけです。そのどこをノンフィクションとしてとらまえるか、切り取るのか。

助川　ルポルタージュであれ小説であれ、まさしくそれが正しいと思う。なぜかと言うと、人間存在というものを考えた時、単独で存在できるものは何一つないから。人間にかぎらず言えることですが、すべては何らかの関係性の中にあって存在できる。小説『あん』の大テーマもそこなんです。この大きな宇宙ですら、それを眺める者の心がなければ存在しえない。あらゆるものが、関係性の中にあって初めて輝くということなんです。まあ、これは人間原理ということなんですが、それを発展させた形で書いている。俺の場合、深夜放送をずっとやってきたので若い人たちの人生相談に乗ることが多かったんですが、みんな自分探しをするのに自分の中だけを探すんです。これって奈落に落ちていく典型的なやり方で、他者と関係のある自分ではない。自分自身とは何だろうと、どんどん関係性を切断していって、虚無の深淵に落ちていくパターンで、中には死んじゃう子もときどきいたんです。人間なんて、もともと空っぽで何もないんだけど、何かと関係することによってその人の人間存在が生じてくる。だから質問を変え、状況を変えることによって人間が見えてくると藤井さんが言っているのは、まさに関係性のことですよね。フィクションを書いていても仮定の人物を用意するけれども、その人物を存在させるのはまさにそこ。どういう一行をどう関係させていくかによって、その人がこんなふうにも見え、あんなふうにも見える。そうじゃないといけない。真っ赤なだけの人もいないし、真っ黒なだけの人もいない。いろんな光の当て方によって、いかようにも見えるのが人間だと思います。

取材って、むしろ本人よりもその周囲の風景も含めた関係性を見るということ。【藤井】

藤井　身も蓋もない言い方かもしれませんが、取材者・観察者・表現者とその相手との関係性によって、相手の出す言葉も違ってきます。つまり、こいつには本当のことを言ってやろうとか、こいつには伝わりそうにないから、まあ適当でいいや、みたいなところってあると思うのです。僕はいつもひやひやしてますが、相手の熱量を一瞬でもいいから引き出せるかどうかです。

『新宿の猫』の主人公の女性も、周囲にいる人たちも、助川さんにとっては多分同じぐらいの熱量で関係を成り立たせていたと思うんです。でもだんだん、いろいろな関係性が複雑になるうちに、彼女が際立っていくというか、存在がどんどん大きくなっていく。

先ほども言いましたが、ノンフィクションの場合も、相手の知り合いなど、周りの人をいっぱい取材するんです。場合によっては、本人よりも周囲の人のインタビューの方が多かったりします。そして、本人にいろいろ聞いても、意外にこれぞという言葉が出てこない時ってたまにあります。それは聞き手の問題だと思うのですが、その人と深く関わってきた何人もの人に話を聞くと、その人たちがみんな、合わせ鏡というか万華鏡みたいな感じになって、インタビュイーの存在が立体的になっていき、言葉の些細なディティールが気になったり、おもしろく感じられたりしてくることがあります。取材って、むしろ本人よりもその周囲の風景も含めた関係性を見るっていうことだなというのを、最近人物ルポをやってきて実感してます。

助川　本人も言葉を選んで話しますからね。

藤井　ええ、言葉を選ぶ「理由」まで見えたらうれしいのです。「言葉を選ぶ」ってわりと警戒心を持って相手に接するみたいなイメージだと思いますが、本人の中ですごく思考を整理したり、言葉を探したりしていることの結果であって、そのプロセスがインタビュアーに見えたら、取材者冥利に尽きるというか。たとえば「感情」を感情的な言葉で伝えようとするのか、事実を積み重ねることによって、取材者にその時の感情を想像してもらうようにするかってあると思うのです。よくある例として、「その時、ほんとヤバかったんです」って意味がわかりませんよね（笑）。どうヤバいんですか？　とか、どうしてヤバいって言い方になっちゃうんですかとか、その人が思わず選択しちゃった言葉を分解するように聞いていくといろいろな発見があったりします。

❖

藤井　最初から「この人をモデルに書こう」と考えることもあるでしょうし、自分の記憶や経験の中でずっと書きたいと思ってきたということもあるかと思いますが、それを書くタイミングについて教えていただけますか。

助川　『あん』の時はやっぱり一番緊張しました。書こうと誓ってから書き始めるまで、なかなか決断がつかなかったし、大変勇気がいったんです。タブーに入っていくのですから。元患者さんが書くんであればタブーじゃないんです、自分たちはこんな苦労をしたと……。

藤井　そういうことも当事者の方に言われたそうですね。

助川　ええ。あるいは医療関係者が書くのであれば、それもOKなんでしょうけど、第三者のまったくの素人が小説というエンターテインメントとして書くということですからね。ハンセン病関連の本を読めば読むほど、こんな思いをした人たちがいるんだと心が痛くなる。いくら書くことの意義を感じているとはいえ、そこに入っていくのはありえないなと何回もあきらめていたし、忘れようとした。だけど、俺はいたって怠慢な人間なんですけど、怠慢で唯一いいことがある。「怠慢のフィルター」って言ってるんですけど、生真面目な人間だと、思いついたこと

怠慢のフィルターが「どうしてもやらなければいけないこと」を残す。［助川］

を全部やらなきゃいけないと思って、常にリスのように回し車の中で走ってないと気がすまない。俺はそういうのが嫌いだから、まあ月のうち半分くらいは酒を飲んでいる。すると「怠慢のフィルター」が「どうしてもやらなければいけないこと」を残すんですよ。

藤井　なるほど（笑）、怠慢のフィルターか。ぼくもそういうところがあります。ぼくはデイリーのニュース等の仕事はほとんどしないので―そういう仕事がない（笑）―、テーマによって違うとは思いますが、何日も、何カ月も、何年も、いつも思い出している気にかかっていることは、これは書きたいということなんだろうなと思うようにしています。そうじゃないことは、いくらメモしても忘れてしまう。

助川　何年たっても宿題として甦る。そうすると、これは本当にやらなきゃいけないことだ。逃げられないことなのだから、向かい合うしかない。いつ向かい合おうかと思っていた時に、ライブで道化師の役をやっていたのを国立ハンセン病療養所の多摩全生園から三人の方が見に来てくださった。それで、「いま、こんな気持ちでいるんです」と打ち明けたら、「じゃあ療養所へいらっしゃい」と言ってもらえた。そこからです。門を入ることができて、視野が広がって。例えば、俺を導いてくれた森元さんという人は鹿児島の療養所にいたんですが、岡山の療養所に日本で唯一のハンセン病患者のための高校ができ、そこを受験して見事合格された。ところが当時の国鉄は、その合格した若者たちの移動に客車を使わせなかったんです。だから森元さんは鹿児島から岡山まで貨車で運ばれた。そして岡山駅では、保健所の人たちに消毒薬をかけられたりした。資料や本でそうしたことは読んでいたんだけど、実際に貨車で運ばれた人が目の前で語ってくれると、全然違うんですよね。

藤井　ノンフィクションとかルポルタージュだったら、手法としては、たぶん躊躇なく手紙を書いたり、直接訪ねて行ったりすると思うんです。でも、助川さんは待ってたわけですね。ずっと悶々としながら。

助川　どういう物語になるかもわからなかったので、訪ねようがなかったんです。テーマと気持ちはあったけど、何をやってもうまくまとまらなかった。なんで書けなかったのか、会ってすぐ気づいたんですよ。当然、こっちは患者の苦しみを書きたい。それによって、この国のだめなところを訴えたい。もっと言っちゃうと、自分が書くものによって少しでも楽になってもらいたい、決して無駄な人生ではなかったと全員が思えるようになったらいい、という思いがある。でも、そう思えば思うほど、それは患者にしか書けないというパラドックスに入っていく。だけど初めて皆さんと全生園で話をするようになって、ああ、そうかとわかった。俺の目は向こう側に行きすぎていたんです。患者さんたちの側に。それも半分必要だけど、一般社会の人だって一九九六年に「らい予防法」が廃止されてからは患者さんたちと、どこかで出会ったりしているはず。そしていろいろ驚いているはずだ、と。じゃあ、こちら側からの目をもう半分持てば、両者の対話の関係性の中で問題や意味が浮かび上がってくるのじゃないかということで、「千太郎」と「徳江さん」という二人の主役が成り立った。そこで初めて書けるんじゃないかと思ったんです。

藤井　なるほど。手法はかなりノンフィクションに近いけれど、発想はやはり小説というか、先に舞台を作るわけですね。書き手のメッセージがより明確に伝わるような舞台を作って初めて動き出した、そんな形なんですね。ノンフィクションだと、相手のメッセージを代弁したいという気持ちがどうしても先に出るので、心構えもきちんとせずに、まず取材に行ってしまうという、ある種の乱暴さとスピードがあると思います。「舞台」や「構成」は証言や事実が集まったらあとで考えるみたいな。だから、助川さんの言われたようなことをすっ飛ばすところがあるかと思います。極端に言うと、伝えなければならないという事実に出合うと、箇条書きで彼らの言葉を書いていくぐらいでもいいのではないか、みたいな感覚になるんです。

助川　『あん』も、要素としては細かなところまで取材させていただきました。――すみません、手を見せてもらえますか。ああ、手の甲に穴があくんですね。どんな痛みですか、とか。ただ、もともとハンセン病問題だけを訴えたくて書いたわけではなかった。普遍的な生きる意味が小説のテーマだったので、別のラストを用意しなきゃいけない。極端な言い方をすると、ハンセン病問題がだんだん一つの「要素」になっていった。あらゆる逆境の中で生きている人間の生きる意味、そういうところに目標を置いてしまったので。『あん』は、囲いの中にいるがために、聞こえない言葉を聞こうとして哲学者になっちゃった女性の物語です。人の心の物語なんですよ。患者さんでも、なかなかそういう人はいません。そうすると完全にフィクションになるんだけど、でもそれで良かったと思っています。

藤井　『あん』の主人公の徳江さんは、まさに被差別の哲学を生きたという感じがします。ノンフィクションになると、どうしても告発するとか、問題性を追及するというふうになってしまって、なかなか普遍的な伝え方が難しいところがある。『あん』が外国語圏の人たちに広く伝わったのは、きっとそれが根底にあったからではないですか。ノンフィクションとかルポルタージュだったら、あれほどの広がりは難しかったと思います。

助川　そうですね。非常にドメスティックな話なのに、思ったよりヨーロッパで評価していただいて。海外の人って、あんこを知らないのに……。

藤井　日本で起きた差別の歴史の重大な話ですね。もちろん、あんもどら焼きも、ほとんど知らない。

❖

藤井　「一般」の人たちが普通の生活をしていると聞

こえない「言葉」を聞くということを、徳江さんが人生を通じてやってきた。それを意識して書いたと言われました。ぼくが昨年七月に出した『沖縄アンダーグラウンド 売春街を生きた者たち』（第五回 沖縄書店大賞・沖縄部門大賞）は、沖縄の人たちが戦後のアメリカ占領下で米兵にレイプされたり、車に轢かれたり、もうやりたい放題で殺され続けてきた歴史があり、その被害者たちの声、慟哭、語りを一所懸命「聞く」作業でした。取材をしていくと、ふつうの何気ない赤瓦の民家でそういう事件が起きたことがわかるわけです。沖縄戦なら「ひめゆり部隊」とか象徴的な話がたくさんあるのですが、そうではない、光さえ当たっていない犠牲者たちの声がまだまだ無数にある。「聞こえない声を聞く」というと、なにやらノンフィクションっぽくないと思われてしまうかもしれないけれど、少なくとも僕は歴史に埋もれた声を聞き取るために歩き回りました。そこから戦後の沖縄が置かれた普遍件が少しでも抽出できていたら本望です。

『あん』も、やはり主人公は多くの被害者たちの一人ですね。声をあげ名前を出して叫んでいる人ではなく、無名の存在をちゃんと書くというところに興味があるというか、そっちの方に力点を置かれていますか。

助川　例えば村上春樹さんのように、半分ファンタジーのような一風変わった組み立てであろうと、あるいは完全なファンタジーであろうと、世界の人が物語に求めているのは普遍性としての共感だと思うんです。これ、フランス人がとくに好きな言葉なんです。「ユニヴェルサリテ」、それがあるかないかをポイントとして見ている。だからというか、「強い人」を書くことにあまり興味がないんです。なんでかなあと考えると、自分の生い立ちに理由があるのかもしれない。高校に入る前までくらいはお金に困っ

世界の人が物語に求めているのは普遍性《ユニヴェルサリテ》としての共感。【助川】

ていた家だったので、物心ついた時から自分は貧しいんだっていう思いがあったんです。なんだか「三つ子の魂百まで」みたいな感じで、強い人なんかには目がいかなかったんですよね。

藤井　ぼくが高校一年の時に助川さんは三年生でした。アメフト部で体がでっかい、おっかない先輩という印象でしたけどね。（笑）

助川　社交的になるのがすごく苦手だった。アメフト部なんかではワイワイやれるんだけど。でもびっくりしたよね、私学の男子校で医者の息子がいっぱいいるから、遊びに呼ばれて家に行くとさ、カレーに蟹が入っていたりしてね。どんな家だよ、これって。

藤井　本当、そうそう。

助川　小一から小六まで兵庫県の芦屋で育ったんですけど、貧富の格差が激しいところだった。六麓荘っていう有名な豪邸街があるんですが、私立の小学校がないから、公立の小学校なのにロールスロイスで送り迎えに来るような家の子がいるんです。一方では被差別部落があって、床が土間みたいな家に住む子もいる。そんな二人が同じクラスにいるわけです。ウチも父と母に不運なことがいっぱいあって――もらい火事があったりとかね――ようやくたどり着いたのが、阪神空襲の避難者のために建てられた団地で、ネズミが配管を上がってくるようなところでしたが、そこにやっと入った。すると子ども心にも、ウチは一所懸命生きているんだけど「底辺」なんだっていう意識が染みついていった。だから、根っこのところで常にそういう人たちと一緒に在りたいと思ってる。そこにしか自分の立ち位置がないような……。

藤井　『あん』の徳江さんもそうだし、『新宿の猫』の夢さんもそういう人。人を押しのけて上がっていくことを望むところはないし、何かを声高に言う人でもない。僕は民俗学者の宮本常一が昔から好きだったんですけれど、宮本さんが記録した、代弁者が誰もいないような人たちを記録したいというのがずっとあった。僕が生まれ育った街も名古屋の下町にあった色町なんです。小学生の時はゲイバーが密集してたから、子どもの頃、屋根裏部屋があたえられていたんですが、バーのカラオケがうるさくて眠れないことがよくありました。だけど、ある時から街が衰退していくんですが、そうすると孤独死が増えていった。

助川　なるほどね。

藤井　今でも忘れられないのは、ゲイバーのママが吐血して、血の付いたティッシュを二階の窓から道路に投げていたこと。誰か気付いてくれっていう悲鳴だった。当時はだいたい店の上に住んでる人が多かったんですが、電話は階下の店にしかなかったんですね。血のついたティッシュを投げる体力しか残っていなかったんでしょう。でも、結局気付かれずに死んじゃったんです。一見にぎやかなバーとかやってるけど、実は頼る人のない人が周りにいた。そんな環境だったので、わりと今もそういう街に惹かれるところがあるし、取材対象も「見過ごされてしまっている」人たちに向く傾向があります。

助川さんの話を聞いてふと思いました。僕は事件もののルポが多いんですけど、有名な事件よりは報道されなかった事件を細かく取材していくことに関心がある。去年書いた『黙秘の壁　名古屋・漫画喫茶女性従業員はなぜ死んだのか』という本もそうなんですが、注目されずメディアから忘れられていくような事件や人に、二年以上付き添って書いた。そういう習性の原点みたいなものは、子ども時代に形成されたような気がします。

助川　もし親が一部上場企業の重役だったら、こういうふうにはならなかったかもしれないですよね。

でもね、三十代ぐらいまでは、国の理想って何だろうとか、まず「国」からものを考えてたこともあるんです。それが最近、ことごとく話が合わないのはどういうタイプかなっていうのがわかってきて、「大きなところ」から話をしていく人がだめなんですね。「国がこうあるべきだから、イコール人はこうあるべきだ」っていう思考パターンの人がいっぱいいる。その図式が俺とは全く肌に合わない。

藤井　たしかにそういう人が増えましたね。居酒屋や飲み屋で「大きな話」をぶつ人はまず無粋だと思いますが、そういう人と飲み屋で遭遇すると、もう

「犀の角のようにただ独り歩め」が、ずっと頭の中にある。【藤井】

気分が悪くなる。

助川　北朝鮮からミサイルが飛んでくるかもしれない、今はそういう時なんだから憲法だって変えるべきだ。国の形が変われば人だってある程度我慢しなきゃいけないんだ、って話す人たち。原発問題にしてもなんにしても、そういう人はことごとく話が合わないですね。

一人の人間を描くことによって社会を変えようとか、そんな思いで書いてるわけじゃないんです。一人の人間が、そこそこ充足したと言えるような人生を、思い通りにいかないことの方が多いんだけど、生まれてよかったと思える人生を送るためには、どんな社会がいいのか――、そういう逆の計算なんです。自分の仕事は、生きている人間の心を書くことでしかないんです。

藤井　この『路上の熱量』には十二本のルポを収録しています。それぞれ名を成した仕事をされている方や、家族を無残なかたちで奪われてしまった方ですが、売名的なことには関心がなく、黙々と孤高に仕事や使命を果たされている人たちです。そういう人にどうしても僕は興味がある。仏陀の死に際のことば、「犀の角のようにただ独り歩め」が、ずっとぼくの頭の中にはあります。

❖

藤井　さっきも少しお聞きしたことなのですが、「書いてもいいよ」って相手に許される時、あるいは自分の中で、「これは書いてもいいんだ」と相手に許されたと思う時って、ノンフィクションでも小説でもあると思うんです。でも、言葉でそれを出さない相手もいる。そうするとこちら側が、「ここまで会ってくれているんだから、もうこれは書いていいよっていうことだよな」と一方的に解釈しなきゃいけない。それってすごく怖いんです。書いてもいいかどうかという、対象への恐れみたいなもの。たぶん『あん』なんて、その塊りじゃないかと思うんです。

助川　怖かったね。小説のほうにはそんなにクレームは来ないんです。なぜかというと、療養所のみなさんを取材していろいろ話しながら書いてるから。だから、患者さんたちから訴えられるっていう感じはなかったんだけど、映画のほうは小説の内容をカットしているので、ハンセン病についてのフォローがあまりないんだよね。ちょっとやばいなとは思ってました。でも、映画は河瀬直美さんの作品なので、こちらがどうこう言う筋合いじゃない。ドキドキしたのは、鹿児島市内の封切りの日です。徳江さんの精神的モデルになった元患者さんがいまして、ぜひともこの人と一緒に観たいと思った。そうしたら、療養所の元患者のみなさんも他に数人いらした。それはいいんですが、なんと、熊本の裁判の弁護団十何人も一緒にやって来るって聞いて。これは映画が終わったら吊るし上げくらうかもしれないと、生きた心地がしませんでした。結局、その時は大丈夫だったんですけど、後にいくつかの突き上げが来ました。映画へのクレームなのに、なんで原作者の俺がと思いつつも、その度に菓子折り持参で謝りに行ったんです。でも、これがすごくよい結果となった。「なぜ挨拶しに来ないんだ。TBSだってなんだって来たぞ」みたいなことを言われて、「すみません」って謝りながら、いろいろ話しているうちに、最後は「また来いよ」って言われる。それが今度はその団体とシンポジウムで対談するようなことにつながった。だから『あん』に関するクレームは、患者さんとの問題ではなかったですね。ただ、ときどき書き方が甘いみたいなことを言ってくる人はいます。でも、それはちょっと読み違いの話なので。

藤井　具体的に怒りを表明してくる人はまだいいんですけど、そうじゃない場合もあるじゃないですか。本当は何か文句を言いたいことがあるんだけど「別にいいよ」みたいに言ってくれる人とか。そういう

「許された」と思えないと書けない部分ってあると思う。【藤井】

ことを考えると疑心暗鬼になってしまうのだけど、書き手として書くことを「許された」と思えないと書けない部分ってあると思うんです。勝手に好きな時に好きなように書いちまえという書き手は、まあ論外ですが。

助川　もっと辛いなと思うのは、理解したつもりで書いたのに、ちょっと違ってたと言われることもあるじゃない。

藤井　あります。『黙秘の壁』を書いた時も、変な言い方ですが、ぼくは支援のつもりで被害者や遺族のことを書いているわけです。周辺取材も相当しました。けれど、当事者からするとちょっとズレがあると言われました。当然、僕の行為は「報道」になるわけで、殺された側の支援的報道のつもりでも書いている。どうしてもここはきちんと書かせてほしいと思っても、プライバシーだから書いてほしくないという、せめぎ合いになります。あとは表現の仕方とか、実際に起きた事実とはいえ、書いてほしくない部分があるのは当然ですが、僕は事実を追求したい気持ちは譲れない。すると周囲の方々から、「やっぱり、あなたはわかってない」っていうふうに言われるわけです。一言一句について話し合うことの繰り返しだったんですが、それでも、当事者と書く側とのズレが必然的に生まれてきてしまうのかと。僕は犯罪被害者報道については、おそらく日本の書き手の中で最も書いたり、しゃべってきたほうだと思いますが、ほぼ毎回、そういう壁にぶちあたります。ですが、これはどんなに嫌われても背負わなければならないものだと思っています。

助川　いつか藤井さんにさ、「しんどい仕事してるよね」って言ったことがある。

藤井　覚えてます。

助川　むかし放送作家やってる頃、ラジオの昼のニュースワイドを担当していて、七三一部隊を追っかけたことがあった。当時生き残りの医師がまだいらっしゃって、ドキドキしながら電話で、「先生、七三一部隊ですか」って聞いたら、五秒ぐらい黙ってから「そうです」って。「生放送で出ていただけませんか」、また十秒ぐらい黙って、「いいですよ、喋りますよ」と言ってくれた。

藤井　初めての電話で？

助川　そう。初めての電話で。

藤井　すごいですね。出てくれたんですか。

助川　出てくれました。あまり積極的には喋ってくれなかったけど、報道されているようなことを私たちはしましたと言っていました。

藤井　友人で料理人を取材して書いている中原一歩君というノンフィクション作家がいまして、有名な天ぷら料理人に取材をさせてくださいと頼んでも、「いいよ」とは言わない。けど、市場にいっしょに仕入れに連れていってくれたりする。中原さんはその料理人の本を書いたんですが、いつ「書いていい」と許されたのかわからないって、ずっと言っていました。市場に連れて行ってもらって、何十年の付き合いの仲買さんたちに紹介をしてくれた時かなあと言ってましたが（詳細は拙著『ぼくたちはなぜ取材するのか』参照）、人間を書く時は、そういうところの判断ってわからないことがぼくは多いんじゃないかと思うんです。

助川　インタビューを受けている段階で、きっと思ってることの五分の二ぐらいしか書けないだろうなという予感がすることがある。質問の仕方とかでわかります。だからインタビューを受ける時って、いいよと言った瞬間にあきらめてるの。絶対なにか間違ったことも書くだろうけど、それを受け容れないと「いいよ」って言えないんですよね。

藤井　取材する側とか書こうとしている側は、自分ばかりが一方的に相手を見ているような気でいるけれど、実は相手からも見られている。それにどれぐらい書き手が気づいているかというと、あんまり気づいてない。「深淵をのぞく時、深淵の側からもまたこちらをのぞいているのだ」というニーチェの言葉

藤井さんがやってる仕事は、新たにその人物を再生させること。【助川】

があるけど、これは自分の意識を自分の無意識がのぞきかえしているとも取れるわけで、底なし沼みたいなもの。取材する時にこういうことを思うのは歳をそれなりに重ねてからで、若い時は考えもしませんでした。

助川　いつかロック雑誌にインタビュー受けた時、まだバンドをやってた頃だから、語尾が全部〝だぜ〟になってるんだもん。

藤井　ははは。ぼくもどこかの高校の新聞部の取材受けた時、語尾がほとんど「だからさ」とか「そう思うだろ」みたいなイキがってる感じになってて、その顧問教師を恨みましたね（笑）。

助川　そんなこと一回も言ってないんだけどなーって、そういうのありますね。

藤井　取材をした相手から、完成した文章を見て、「あっ、こういうふうに見えるんだ」って言われることがたまにあります。内容が間違ってはいないのですが、僕の地の文や使われるエピソードで人物ルポは形作られて、その人の人格まで規定していくようなところがありますから。

助川　藤井さんがやってる仕事は、スケッチとかじゃなくて、藤井さんの心や認識を通して、新たにその人物を再生させることですよね。

藤井　再構築みたいなものです。

助川　ですよね。その「再」がつくということが、やはり元の形ではないんだと思うな。だから藤井さんから何か取材を受けるっていうことは、「私が言ったことを正確に一字一句書いてくださいよ」ということではないんですよね。雰囲気も含めたすべてが藤井さんの視野の中のその人の再構築なので。それが本当のルポルタージュだと思います。

藤井　そういうふうに考えていない人がわりと多くて、そのまま写真みたいに書くことと思われている。とくに人物ものはそうとらえられる傾向がありますね。一問一答式のインタビューと違って、本書に収めたようなスタイルの人物ルポは、自分の解釈を入れてしまう。まさに再構築というか再定義に近いんです。

助川　よく言われる、「リンゴには味がない」ということ。口の中にも味はない、だけど口とリンゴが出会うことによってリンゴという味ができるっていう。その人だけがいても記事にならないわけで、藤井さんの認識と接触することによって、その人を素材とした作品ができるんだよね。だからそれは、その人自体とは多少違う。

藤井　そうですね。相手と書く側の間に化学反応みたいなものが起きるわけです。取材者によって違った化学反応が起きますが、それがどういう種類の反応かだと思うんです。だからノンフィクションでその人のことをその通り書いたつもりでいても、意外と小説で書いたものの方が、その人にとってみれば自分に近いと感じる場合があると思う。正確に書いたということが、一体どれほどのものなんだろうと考えることもあります。その人の心の中とか、言葉の「あわい」みたいなものを、本当に表しているんだろうかとか。

助川　俺、実在の人間書く時は死んだ人だけにしようと思ってるの、怖いから。ファーブルの、困難に常に立ち向かう人生を書きたいなってずっと思っているのだけど、奥本大三郎さんが『昆虫記』の翻訳からファーブルの人生までほとんど書いてしまっている。調べれば調べるほど、すでに全部書かれているからあきらめたんです。でも、一応ファーブルが生まれてから死ぬまでの土地を一人で歩いてみようと思って、生まれて初めてヨーロッパでレンタカーを借りて回ったんです。フランス人って本当にファーブルのことを知らないんですね。彼の亡くなった町に行くと役場の前にファーブルの像が立っているのに、それがどんな人物か誰も知らない。フランス人にとって虫を研究した人なんて奇人・変人以外の何ものでもないわけです。でも、そこを歩いている時に、奥本先生が一つだけ書いていないことがあるな、と

ノンフィクションライターが書けなかった部分が、自分の領域【助川】

思った。ファーブルは自分の自宅というか研究所で尿毒症で亡くなるのですが、最後に担架で担がれて研究所のまわりの庭を一周するんです。どの本でもそれが最後なんです、その庭を見るのが。でも、実際にはそれから死ぬまでに三日ぐらいかかっている。その三日間に、ファーブルの心に何が去来したかは誰も書いてない。

藤井　知らなかった。おもしろい話ですね。

助川　で、奥本先生の自宅に行った時にお酒を飲みながら、僕は先生の本を読んでもうファーブルを書くことはあきらめました。だけど先生は最後の三日間のことは書いてないですよね。それを書いていいですかって言ったら、それなら資料をなんでも使っていいよって言ってくださった。奥本先生は藤井さんと同じ手法で書き上げたわけですから、先生にしてみれば最後の三日間のファーブルの心なんてフィクション以外の何ものでもないわけです。俺はそれを自分の仕事だと思ったんです。もちろん大ウソを書くわけですよ。ファーブルが最初の『昆虫記』を刊行するのは五九歳で、三十年かけて十冊書き上げるのですが、巻頭には亡くなった息子に捧げると書いている。ファーブルは、最初の奥さんと二人の子ども、再婚してからの優秀な最初の子どもなど、息子をずいぶんなくしているんです。最後の三日間は、きっとその子どもたちと喋ってたんじゃないかなっていう気がして、それだったら書けると思った。ファーブルが生きてたら怒られちゃうんでしょうけど。ノンフィクションライターが書けなかった部分が、自分の領域なのかなという気がしたんですね。

藤井　なるほど。それはとても興味深い視点ですね。でも、現場を訪れたあとに奥本さんを訪ねたり、文献をたくさん読んだりして、それを土台に最後の三日間を書くという意味では、途中まではノンフィクション的なやり方じゃないですか。ノンフィクション作品と銘打っても、書き手の「妄想」や「夢」というふうに書き分ければできます。ニュージャーナリズム的なやりかたと言われるのでしょうけれど、その書き手の「妄想」と事実の融合がおもしろい。ノンフィクションはもっと「自由」でもいいし、嘘や虚実がきちんと腑分けされていれば、型にとらわれる必要もないと思っています。

助川　これは『あん』と同じで、生涯に書こうと思っている何冊かの本のうちの一つなんです。

❖

助川　実は昨日まで風邪をひいていて、今朝方うなされて目が覚めたんです。夢に、三歳くらいの娘が出てきて、抱っこしてたら転がり落ちてしまった。娘がコロコロ、コロコロ転がっていくんです。で、どぶにはまる瞬間に魚になっちゃった。慌てて、どぶというか用水路みたいなところに下りていったんだけど、もう魚になって泳いでいってどこにも見つからない。とっても悲しくて行ったり来たりする。娘を不注意で転がしちゃったために失ってしまった、と。どうしてそんな夢を見たかというと、昨日が三月十一日だったから。3・11で子どもを失ったお父さんお母さんの記事などを寝ながらネットで見てたんですね。で、どうして今こんな話をしてるかというと、今日、駅からここへ歩いて来るまでの間、その淋しさみたいなことをずっと思いながら歩いてきたわけです。それが俺の、今日の駅からここまで来るまでの実話。書くとフィクションになっちゃうんだけど、でも本当はそれが実話なんです。だから何が事実で、何が事実じゃないのかっていうのは曖昧なんです。これは藤井さんなんかがよく考えることだと思うんですけど、むしろ心が目まぐるしく動く万華鏡のようなものを書くことが本当のルポルタージュなのかもしれないですよね。

藤井　まさにそこですね。例えば、見た夢について考えながら助川さんが駅からここまで歩いてきたことが、助川さんにとっての「事実」だとしたら、それをぼくが書くならば「助川はそう思いながら歩い

ノンフィクションは文芸や文学、社会学とかアートとも融合するところがあります。【藤井】

た」と書く。「その理由は3・11のことがある」みたいな文脈で書くと思うんです。それは記憶としては事実なので、これはノンフィクションではございません、というふうには言えない。人物ルポって、その時々の、そういった相手の心の中をのぞきこんで記録する作業でもあるので、とても刺激的で職人技が求められるとも思います。取材する側がどこを見るか、着目点をどこにするかということにすべてがかかっているのですね。今、ノンフィクションは文芸や文学、社会学とかアートとも融合するところがあります。そのあたりは曖昧とも言えるし、自由とも言える。一定のルールはもちろん必要ですが。いまは小説でもほぼ取材もするじゃないですか。

助川　しますね。

藤井　それを土台にしてまた書いていくわけで、そういう意味では厳密に分けられる時代ではなくなってきたところがあると思います。ノンフィクションも、取材する側の視点ですでに編集されている。例えば記者会見で、カメラはみんな相手の泣いてる顔を撮っているんだけど、足元を見ると貧乏ゆすりしてるとか。そんなところをカメラは撮らないけど、そっちが本質だったりとか……。

助川　あります、あります。

藤井　とくに人物を描くということは、その人の思ったことを聞いてそれを「事実」として伝えるわけですから、仮に助川さんが今日思ったことが明日には変わっているかもしれない。でも、その変化も「事実」として記録される。話していて気付いたんですけど、人物ルポは、その人の心や胸の内を言葉に換えていくのを聞き取っていく作業なので、よけいにそう思えるのかもしれないですね。

助川　いろいろなことを考えて青年時代を送られて

きたんでしょうけど、この道というか、つまり人物ルポルタージュを自分の生涯の仕事とだって思い始めたのはいつごろですか。

藤井　じつは生涯の仕事というふうには思ったことはないんですが（笑）、すべてのノンフィクションの基本だと思い始めたのは、この十五年ぐらいですかね。それまではインタビューに行っても、「若僧が人の人生の何を聞いてんだ」みたいに思われてるだろうなと感じることが多かったんです。だけど、ある程度経験を重ねて歳をとってくると、ちょっと変わってきて。

助川　いつか藤井さんに、「楽しいと思ってやってる」って聞いたら、「いや楽しいと思ったことは一回もないです」って言ってた。ああ正直な人だなと思ったんだけど、俺も人生相談の回答者になりたいなんて思ったことは一回もないんです。本当に最初は運命のいたずらなんですよ。ニッポン放送から声をかけられてやることになったんだけど、一回やっただけで、「これはやめよう。こんなの無理だ」と思った。とはいえ一所懸命やるわけです。そうしたらワッと数字が上がり始めて、結局人生相談がずっと付いて回ることになっちゃった。あの時藤井さんに問いかけたのと同じ問いかけを自分にしたら、「楽しいと思ったことは一度もない」と答えただろうね。ただ自分のこの、今回の人生の中で持っていた器の何かが、人にそういう形で要求されるのであれば、それは惜しみなく――ということでしかないんです。

藤井　思い出した。同じことを実はもう一人から聞かれたんですよ。ある偉いお坊さんからそう言われました。ある宗派の集まりで講演したんですけど、その時に九〇歳ぐらいのお坊さんがすっと寄ってきて、「藤井さんは楽しんで書いてらっしゃいますか」っ

「楽しいと思ってやってる」って聞いたら、
「いや楽しいと思ったことは一回もないです」って…【助川】

て言われたんです。しばらく、うーんってうなっていたら、あんまり楽しんでないのではないですかって。そうでしょうねって言いながら、宙に浮いたように消えていった（笑）。そんなことを言ったのは、助川さんとそのお坊さんだけですよ。正確に言うと、昔はあまり人物ルポとか書かなかったです。正直やっぱり怖かったし、自分がいろいろな人生経験が少ないから、なめられるっていうのもあった。何よりも、ぼくは人間—とくに初対面の人—と話すのがすごく苦手なのですが、取材モードにシフトするといろいろ聞きたくなるんです。そして自分なりのその人の「切り取り方」や表現ができると、ああこの人に会えてよかったと思う。いろいろな立場や境遇の方がおられますが、いろいろな熱量がもらえたなと感謝をしたくなって、これを少しでもたくさんの人に伝えたいなと思えるようになるのです。

助川さん、今日はありがとうございました。

（二〇一九年三月一二日・東京にて）

[profile]

1962年東京生まれの神戸育ち。作家・歌手。早稲田大学第一文学部東洋哲学科卒。日本ペンクラブ理事。長野パラリンピック大会歌『旅立ちの時』作詞者。

放送作家を経て、1990年バンド「叫ぶ詩人の会」を結成。ラジオ深夜放送のパーソナリティとしても活躍。担当したニッポン放送系列『正義のラジオ・ジャンベルジャン』が放送文化基金賞を受賞。同バンド解散後、2000年からニューヨークに3年間滞在し、日米混成バンドでライブを繰り広げる。帰国後は明川哲也の第二筆名も交え、本格的に執筆を開始。著書多数。

小説『あん』は河瀬直美監督により映画化され、2015年カンヌ国際映画祭のオープニングフィルムとなる。また小説そのものもフランス、イギリス、ドイツ、イタリアなど13言語に翻訳されている。2017年、小説『あん』がフランスの「DOMITYS文学賞」と「読者による文庫本大賞(Le Prix des Lecteurs du Livre du Poche)の2冠を得る。近著に、色弱差別の問題を背景にした小説『新宿の猫』（ポプラ社）がある

人の熱量に触れる──あとがきにかえて

十三人の方々の「熱量」を感じていただけただろうか。

このたびの著作を編むにあたって、初出の文章を読み直してみたり、加筆を施したりしていると、取材時と同じように、いやそのとき以上に、ここに書いた人々の「熱量」ともいうべきものに「あてられ」てしまっている自分に気づいた。彼らが放つ熱量に再度、圧倒された。さっきまで目の前で相手の言葉を受け取っていたような高揚感が蘇り、彼らの表情はもちろん、話をしながら歩いた街や道、場所等もありありと思い出された。

ぼくは取材者として、インタビュアーとして、人に会いに行っている。限られた時間と条件のなかで、それぞれの「いま、このとき」の仕事や人生についての「語り」を切り取る。

相手の人生の過渡的な状況を聞き出すとはいえ、インタビューという非日常的な行為ゆえなのか、濃縮された熱量を感じ、浴びる。ぼくは多くの気づきをもらうと同時に、自分が相手の熱量に負けてしまっていることに否が応でも気づかされ、気が抜けたような精神状態になる。脱け殻というのか、燃えかすのようなもの。

他者の人生を切り取ることとはどういうことなのだろう、といつも考える。考えるというより、いつも虞《おそれ》を感じて、尻込みしてしまうぼくがいる。初対面の時、なんと切り出せばいいのだろう、ぐらいの不安ならまだいいのだが、ぼくはその人が生きてきた人生の大半を知らない。あとから追いかけるというか、遡るように尋ねていかなくてはならない。それがいつも不安の塊になって向かって転がってきて、こわくてしょうがない。

準備を入念にしていけばいいのかというとそうではない。ぼくはいかに準備が必要かということを話したり書いたりしているが、じつのところは言うほど準備をしているわけではなく、質問項目も事前に送ったり——相手から求められれば別だが——メモをつくっていくこともほとんどしない。どこから何を切り出そうかと、会う寸前までもやもやとしている。ゆっくりとした速度で話が進んでいく場合もあれば、いきなりトップギアで話しだす人もいるから、そのときの相手に合わせるかたちで、ぼくは何を聞き出すべきなのかを思案していくのである。予定調和はなし。空気を読むこともない。出たとこ勝負。その場で相手から発せられる言葉の「流れ」についていくだけで精一杯だ。それでも、想定外のハッとさせられるようなことが聞き出せると、鳥肌が立つ。

ぼくの人物ルポ集の一作目となる『「壁」を越えていく力』（講談社）——十一人の有名無

名の人々を描いた——を二〇一三年に出した頃から感覚は変わらない。というか、変えられない。だからこそ、人物ルポは定期的に書きついできたともいえるし——発表の期間に違いがあったり、媒体に違いはあれど——どこか修行のようなものとして自分に課し続けてきたともいえる。同時に、相手からの熱量を感じながら、それを短編ながらノンフィクション作品に仕上げていくのは常に、取材者として常に臨戦態勢をとることを課せられている気がするからだともいえる。

一問一答のインタビューをそのまま掲載するのではなく、相手を一定の額縁の中におさめ、人を「現代論」にまで持っていくような腕力もいる。事実関係などを間違えてはならないのは当然のこととしても、相手のしゃべり言葉の「あわい」を自分なりに分析・解釈もする。だから常に人間を観察するちからを蓄えておかねばならない。聞き漏らすまい、見落とすまいという集中力を持続しなくてはならない。気負うつもりはないけれど、「人間」を取材して描くことは何度やっても難しい。ひとりの人間を描くためにたくさんの関係者に会ったり、連絡を取ることも一苦労だが、パズルを解いていくような感覚がある。

なぜ、その人のことを取材したいと思うのか。そう、よく質問されていつも答えられないのだが、私が取材をしたいと思うのは、メディアに多く露出をしながらも、「哀しみ」や「敗北感」のようなものを裏側に抱えているのではないかと感じた人々である。人はみんなそんなものさ、と言うのは簡単だけど、だったら、その部分のディテールを聞いてみたい。どこにも語っていない言葉を一つでもいいから引き出したい。虞《おそれ》をなんとか押さえ込んで人に会いに行くのは、そういう気持ちがぼく自身の熱量に変わったときなのだと思う。

ここに登場していただいた人たちの人生の歩みは大なり小なり変化をしている。大きく生活環境が変わったのは仲村清司だ。本文では沖縄を離れる寸前の彼の胸の内を書いたが、いまは京都と沖縄を行き来する生活を送っている。彼は沖縄の大学で教えてもいるので、授業があるときは、ぼくの那覇にある仕事場に泊まってもらっている。

金鍾成はいま、鹿児島にいる（二〇一九年五月現在）。彼が率いたFC琉球は二〇一八年にJ3で優勝を果たし、J2へ昇格した。破竹の勢いとはまさにあの一年間のチームのためにあるような言葉だと思った。しかし彼は沖縄に残らず、同じく昇格した鹿児島ユナイテッドFCに監督として移籍をしたのである。今後のプロとしてのキャリアを積み上げていくための「チケット」をもらえると思った、と鹿児島に行く前に、東京・枝川の自宅でぼくに語ってくれた。この決断は、沖縄の地元紙『琉球新報』でぼくが月に一度連載している「藤井誠二の沖縄ひと物語」（二〇一九・一・一六付）に詳しく書いた。

あとがき

本書はこの数年のうちに書いたものに一部加筆をほどこしたものである。主たる媒体は『アエラ』で、担当していただいたのは大川恵実さん、ヤフーニュース特集の担当は長瀬千雅さんである。すぐれた伴走者は何よりも心強い。心から御礼を述べたい。そして、そのときどきにコンビを組ませてもらった写真家―写真の提供も―の方々にも感謝したい。

また単行本化にあたり、作家のドリアン助川さんとは、人を描くときに何を考えるのかというお題で対話をしていただき、多くの示唆をもらうことができた。『沖縄アンダーグラウンド 売春街を生きた者たち』(講談社)に引き続き、表紙の写真をお借りした石川竜一さんにも御礼申し上げる。本書タイトルは石川さんの章タイトルからつけさせてもらった。十三人の人たちの言葉と人生を一冊の「物語」に編んでくれた風媒社の劉永昇さんの見事な編集センスにはアタマがさがる。そして、単行本に転載することを快諾していただいた十二人の方々には感謝の言葉も見つからない。

二〇一九年四月　まもなく平成が終わる日に　藤井誠二

＊日付・年齢・年表等は原則として初出時のままとしたが、若干の加筆を施した。
＊敬称はすべて省略させていただいた。

（初出一覧）

古屋雄作　〝内なる子ども〟の発想力　『AERA』二〇一七年一一月二〇日号（朝日新聞社）

内田良　「パンドラの箱」を開けた金髪教育学者　『AERA』二〇一六年六月六日号（朝日新聞社）

清野とおる　愛すべきヘンな町・赤羽との邂逅　『AERA』二〇一八年六月一一日号（朝日新聞社）

松江哲明　マイノリティの視点が切り取る〝世界〟　『AERA』二〇一六年七月一一日号（朝日新聞社）

石川竜一　路上の熱量　「Yahoo!ニュース」二〇一六年一〇月一九日

松居大悟　とめどなき表現への渇望　『AERA』二〇一八年一二月一〇日号（朝日新聞社）

斎藤環　異端児の怒りと苛立ち　『AERA』二〇一七年一月三〇日号（朝日新聞社）

金鐘成　反骨のサッカーボール　「Yahoo!ニュース」二〇一六年七月二三日

富田克也　バンコクから放った反抗のメッセージ　『AERA』二〇一七年八月二八日号（朝日新聞社）

中江美則　被害者遺族だからこそ　「Yahoo!ニュース」二〇一八年一〇月三〇日

仲村清司　抜きえない〝沖縄〟と向き合う　『AERA』二〇一八年二月五日号（朝日新聞社）

岸政彦　越境する社会学者　『AERA』二〇一九年二月一八日号（朝日新聞社）

ドリアン助川　対話〝人間を書く〟ということ　書き下ろし

［著者略歴］

藤井　誠二（ふじい・せいじ）

1965年愛知県生まれ。ノンフィクションライター。愛知淑徳大学非常勤講師。高校時代からさまざまな社会活動に興味を持ち参加、フリーランスの立場でさまざまな媒体で書き、話し、伝え、社会とコミットしてきた。人物ルポをまとめたのは『「壁」を越えていく力』（講談社）以来２冊目となる。

『人を殺してみたかった 愛知県豊川市主婦殺人事件』（双葉文庫）、『殺された側の論理 犯罪被害者遺族が望む「罰」と「権利」』（講談社）、『ネット時代の「取材学」真実を見抜き、他人とつながるコミュケーション力の育て方』（IBCパブリッシング）、『体罰はなぜなくならないのか』（幻冬舎新書）、『黙秘の壁 名古屋・漫画喫茶女性従業員はなぜ死んだか』（潮出版社）、『沖縄アンダーグラウンド 売春街を生きた者たち』（講談社・沖縄書店大賞受賞）等、単著・共著・対談本合わせて50冊以上にのぼる。

路上の熱量

2019年6月30日　第1刷発行　　（定価はカバーに表示してあります）

著　者　　藤井　誠二

発行者　　山口　　章

発行所　名古屋市中区大須 1-16-29　振替 00880-5-5616 電話 052-218-7808　http://www.fubaisha.com/　風媒社

＊印刷・製本／モリモト印刷　　乱丁本・落丁本はお取り替えいたします。

ISBN978-4-8331-1129-4